ラルーナ文庫

婚約破棄されたので
自由気ままに旅していたら、
隣国の皇太子殿下と
運命の出会いをしました

葉山 千世

三交社

CONTENTS

Illustration

北沢きょう

婚約破棄されたので
自由気ままに旅していたら、
隣国の皇太子殿下と
運命の出会いをしました

本作品はフィクションです。
実際の人物・団体・事件などにはいっさい関係ありません。

プロローグ

そのときひどく懐かしい人の顔が時田恵世《ときたあやせ》の閉じた瞼《まぶた》の裏に映った。

──なぁ。

嗄《か》れてはいるがやさしい声が耳元に語りかけるようにどこからか聞こえてくる。

──一粒は空を飛ぶ鳥のために。一粒は地の中の虫のために。残りの一粒は人間のために。

可愛《かわい》がってくれた祖父の声だった。

毎日、口癖のようにその言葉を呟《つぶや》きながら、畑仕事に出かけていた。幼い自分はさぞかし足手まといだったはずなのに、嫌な顔ひとつせず、手取り足取り土いじりの楽しさを、また豊かさを教えてくれた人だった。いつも自分を膝《ひざ》の上に座らせてたくさんの話を聞かせてくれ、やさしく頭を撫《な》でながら語りかけてくれる祖父がとても好きだった。

祖父のその声が、わんわんと頭の中を共鳴するように何度も何度も繰り返される。

どうしてその言葉ばかり頭の中を行き来するのだろう。だがその声は確かに自分の中へと響くのだ。そうして懐かしいのだか、せつないのだか、悲しいのだか、よくわからないごちゃごちゃしたものを抱えながら、浅く短い呼吸をする。

　死がすぐそこに迫っているのかもしれない、とぼんやり思った。

（ああ、結局あの論文はリジェクトされたままだった……）

　恵世は農学部の博士課程に在籍する学生である。といっても、博士論文は遅々として進んでおらず、オーバードクターに片足を突っ込んでいる状態なのだが。

　論文が進んでいないのはけっして恵世本人に原因があるわけではない。教授がパワハラ、モラハラ気質で、研究室は助教すら次々に辞めていく始末で人が居着かず、現在は教授一人しかいない。

　そのため、かろうじて残っている恵世に研究室の一切合切を請け負わせ、教授はふんぞり返っている有様だ。それだけで済めばいいが、恵世がその忙しい合間を縫って研究を進め書いた論文もなにかと難癖をつけて却下《リジェクト》する。要は、恵世が学位を取ってしまえばタダでこき使える人間がいなくなってしまうのだ。そのため、恵世に学位を与えたくないのだろう。

　とはいえ、恵世もこのままここで飼い殺しにされたくはない。なにがなんでも学位を取得し、ここから出なくてはならなかった。

もっと時間があれば、と思うのだが、生活費もバイトで捻出《ねんしゅつ》していた恵世にはそれも難しい。

恵世は天涯孤独の身の上で、早くに両親を亡くし、唯一の肉親である農業を営む祖父のもとで育てられたが、その祖父も恵世が大学に入学してすぐに亡くなってしまった。学費にと蓄えてくれていた貯金とわずかな田畑を恵世に残してくれたが、現実は厳しく、田畑を売却せざるを得ず、そのお金も数年前に底をついてしまい、生活費をバイトで稼ぐより他ない状況だ。

(じいちゃんのために研究も続けていたけど……ごめん、じいちゃん)

今研究している植物促進剤が認められれば、いずれは自分が祖父の土地を買い戻せる、そう思いながら毎日身を粉にして働き、研究を進めていた。

毎日の睡眠時間は仮眠程度にしかとれないまま、食費を削り続けてろくなものも食べられない状況で、身体《からだ》も限界だったようだ。

目眩《めまい》がしたのは覚えていたが、どうやらそのまま倒れてしまったらしい。

死を前にすると記憶はその引き出しをすべて開け、生きていくためのなにかを見つけようと瞬時に探しはじめるといわれる。走馬燈《そうまとう》のように想い出が脳裏をよぎるとよく表現されるが、それは自分自身がたとえ蜘蛛《くも》の糸程度の極めて細い記憶の糸でも生存する可能性、あるいは生存するための糧、支えを手繰り寄せ辿《たど》るために脳内が一瞬にしてデータ処理した結果見せる像であるらしい。

祖父と過ごした色鮮やかな世界。緑豊かな田舎でたくさんの作物を育て、大好きな犬のノクスと野山を駆け回った。

夜の闇《やみ》のように黒い毛をまとったノクスはきっと恵世のことを自分の弟とでも思っていたのだろう、忙しい祖父の代わりに恵世の面倒を見てくれていた。そんなノクスも祖父の死を見届けて、後を追うように虹の橋を渡った。

――恵世、笑っていろ。笑っていたらなんとかなるもんだ。

祖父の声とノクスの泣き声が響いた。

多分、この声が自分の生きていく支えであったのだろう。祖父とノクスの傍《そば》で幸せだった頃の記憶が。

意識がさらに遠のく。

祖父と暮らした土地で再び過ごすその夢は叶《かな》わなかったが、また祖父とノクスに会えるならこんな結末も悪くない。

それにようやくパワハラからも論文からも解放されるのだから――。

＊＊＊

「やった！　豊作だ！」

リンデルク公国、アドリントン男爵家の四男イアンは荷車いっぱいのジャガイモを目にして、ほくほくと満足げに笑みを浮かべた。

ジャガイモは形もよく、しかもこれまでのものよりもかなり大ぶりだ。試しにひとつ割って中身を確認してみたが、大きなジャガイモにありがちな中心部が空洞になっている現象もなく、栄養がぎっしり詰まっているようだし、みずみずしい。

いつもは庭の一角で作付けしていたのだが、今回こうして規模を大きくして育ててみても変わらない品質のものができたので、大成功といえるだろう。

これでしばらくは食べるのに苦労せずに済む。

ふう、と大きく息をついて、額の汗を袖で拭《ぬぐ》った。

目の前にはジャガイモ畑が広がっており、今収穫したのもごく一部だが、穫《と》れたジャガイモは大きく形もいい。この出来なら明日以降の収穫も十分に期待できるものだった。

「カゲロウ草の煎《せん》じ液を害虫対策に散布したせいか、虫がつかなかったし、あとはやっぱり肥料を工夫したのがよかったな。空色苔《ごけ》を堆肥《たいひ》に混ぜ込んでみたのが功を奏したみたいだ。空色苔にはどうやら植物を成長させる効果があるみたいだし、ジャガイモにはよく合ってたんだろうな。病気にも強かったし、これは他の作物にも試してみる価値はありそうだ」

ふんふん、と地面に小枝でカリカリと配合のメモを書きつける。思いついたアイディアはいったんアウトプットしておくと忘れずに済む。

これは前世——時田恵世だったときからの癖だ。

恵世は二十五歳のときに過労死（多分）したのだが、なんの因果か異世界というやつに転生したらしい。

異世界転生なんてまさか本当にあるわけがない、と思っていたのだが、生まれたときから自身が転生者であることは自覚していたし、実際自分には前世の記憶がある。生まれ変わったここにはなんと魔法が使えるし魔物もいて、おまけに中世ヨーロッパ的な環境——かつて暇つぶしで読んだ漫画や小説そのものの世界観で、認めざるを得なかった。

ただ、フィクションの世界では異世界に転生すると、チート能力を授けられて無双するのが定番だろうけれど、期待は裏切られた。

実は異世界転生ものにおなじみの「ステータスウインドウ」をイアンは見ることができる。他の人間、例えば自分の家族は見られないようで、どうやら転生者である自分に与えられた特典めいたものらしい。

はじめてステータスウインドウの存在を知ったときには感激したものの、自分自身のステータスを確認したところ、魔力も大きくなくスキルもほとんどなくてがっかりしてしまったのだが。と同時に、これならステータスウインドウなど見られないほうがましだったと神様を恨んだ。

ただ、ステータスウインドウの中に、一か所グレーアウトしているところがあり、見ることができない。そこだけは気になっていたが、気にしても仕方ないのでスルーしている。

あとは、武芸に秀でているわけでもなく、容姿も金髪と青い目は特徴的だが、美形か、というとそうでもない。せいぜい中の上か、上の下か、という程度だ。

取り柄といえば正直で真面目《まじめ》なこと。ときにお人好しすぎると言われるが、困っている人を見ると放っておけない性格で、そのため領民にも好かれている。

あとは、土を掘り返すことができる程度の弱い土魔法を操ることができるため、植物を育てるのだけは得意だ。

これはおそらく転生前の恵世だった頃の仕事や環境が影響していたのかもしれない。

とはいえ、チート能力はまったくないことがわかったので、コツコツとおとなしく生きていこうと心に決めていた。

それに——過剰に期待されるより、第二の人生は穏やかに暮らしたいと思っていた。せっかくまた人生をやり直すことができるのだ。誰《だれ》かに使い潰《つぶ》されるより、自分のために生きていきたかった。

現在イアンの住むリンデルク公国は隣に大国ザルツフェン帝国を控え、農業と酪農を主産業としている国である。

そのリンデルク公国の端、ザルツフェン帝国との国境近くにあるのがこのアドリントン領である。

領土の大半は森林に覆われていて、軍事的にも経済的にも重要ではないいわゆる辺境の地だ。

領内は一応農業を主産業としているが、ほとんどが森林のため農地にできる土地も限られている。おまけに耕作可能な土地はさして肥沃《ひよく》というわけでもなく、作物の収穫量も領民がかろうじて飢えない程度でしかない。

この飢えない程度というのがまた微妙で、ほんの少しでも天候不順などがあれば一気に不作に転じてしまい、食べるのに困ってしまう、なんとも絶妙なバランスでどうにか破綻《はたん》せずに済んでいる、というものだ。

聞けば、三代前、要するにイアンの高祖父が戦地で功績を上げて爵位と領地を得たのだそうだ。

(ま、体のいい押しつけってとこだろうな。なんとなく功績を上げちゃったから、なにかやらないわけにいかなかっただろうし)

今となっては一応貴族ではあるものの、爵位は名ばかりで内情は惨憺《さんたん》たる有様。

現領主である父はたいそうお人好しなこともあって、ギリギリの生活を強いられている領民から高い税を取り立てることもせず、よって毎度王宮への上納金にはひどく難儀していた。要するに非常に貧乏な領地なのである。

そんな領地ではあるが、もちろんいいところもある。森があるせいで、魔物が多く棲《す》み、ときどき領内に襲ってくるのだが、そのおかげでアドリントンの領民は皆かなり鍛えられていて精鋭揃《ぞろ》いなのだ。中には高いランクの冒険者に匹敵するほどの者もおり、王都の騎士団からスカウトがやってくるほどで、実はイアンの兄もたまたま領地を訪れていた騎士団長のお眼鏡《めがね》にかない、騎士となったほどである。

アドリントン家には五人の子どもがいて、二十四歳になる長男のフリードは領主代行として父親の手伝いをしている。次男のニールは二十二歳で文官として王宮勤めをしており、また二十歳の三男ルーカスが二年前に例のスカウトによって取り立てられ、王宮の近衛騎士になっている。そしてイアンの弟のエリックに至ってはまだ三歳で、イアン自身は今年十八と成人を迎えた。

王都住まいのニールとルーカスがいくらか仕送りをしてくれるものの、屋敷のメンテナンスなどであっという間に飛んでいってしまう。

母親が趣味の刺繍《ししゅう》を生かして内職にいそしむくらいには、アドリントン家は割と困窮していた。おかげで屋敷の使用人は先代の頃から仕えている家令のギュンターと、ギュンターの娘でハウスメイドのサンドラの合わせて二人しかいない。

そんな状況を目の当たりにして育ってきたイアンは、得意の土魔法を生かして幼い頃から屋敷内の庭の一部で趣味の園芸をしてきたのだが、最近魔力が少し増えてきたこともあって、畑を広げてきたのだ。

その成果がこの荷車いっぱいのジャガイモなのである。

はじめこの地ではジャガイモすらろくに育たなかったのだが、ようやくこれだけの収穫量を得ることができた。苦労が実を結んだようでイアンはうれしくなる。

大きな魔法は使えないが、得意の農業で家の財政面の手助けになれることはうれしかったし、土いじりはイアンにとってとても楽しいものだった。

「これなら、もう少し畑を広げてもいいかもしれないな。父上に頼んで、使っていない土地をもう少し借りよう」

ジャガイモ栽培に関しては想定よりもよい結果が出たこともあり、明日からの作業にも張り合いが出る。内心で喜びながら、荷車のほうへ足を向けたときだ。

「イアン様！」

サンドラが慌てた様子でイアンを呼んでいた。

振り向くと、彼女は走ってきたのかひどく息を切らせている様子が目に入る。

「どうしたの、サンドラ」

「旦那《だんな》様がお呼びです。急いで来るようにと」

「父上が？」

「はい。早くとおっしゃっておいででした」

普段暢気《のんき》な父親が急いで自分を呼び出すなんて、とイアンは不思議に思った。なにか事件でもあったのだろうか。とはいえ、このアドリントン家でなにか事件など考えられない。サンドラがこれだけ慌てて呼びに来るなんて、飼っている牛や馬の出産のときくらいなのだが、今は妊娠している牛も馬もいない。

だが、サンドラの口調から、よほど急いでいるのだろうなとイアンもわかったので「わかったよ。すぐに行く」と作業用の手袋を外す。

彼女の言うとおり屋敷へ向かおうとしたが、サンドラはイアンへなにか言いたげにしており、様子が少しおかしい。

「サンドラ、なにかあった？」

「イアン様、その……いいえ、なんでもありません。早く旦那様のもとに」

サンドラは無理やり作ったように小さく微笑《ほほえ》んだ。イアンは彼女の様子に引っかかるものを覚えながらも、それを見過ごす。

「そうだね」

イアンはよほどのなにかがあったのだろうと足を速めて屋敷に戻った。

「父上、お呼びですか」

ノックをしながら書斎の扉を開けると、父親のグスタフと兄のフリードがひどく神妙な顔をしてイアンを出迎えていた。

サンドラの様子もおかしかったし、二人の様子も妙だ。

「どうかしましたか」

なにがあったのか、まったく事情がわからないイアンは二人にそう声をかける。すると兄のフリードが先に大きな溜息《ためいき》を落とした。

「兄さん、なにかあったんですか」

「イアン……実は……」

どこか消沈したような表情でフリードがそう口を開きかけると、グスタフが「私から話そう」とフリードの話を制した。

部屋に流れるのは重苦しい空気で、いつもののんびりした雰囲気とはまるで違う。どちらかというと楽天的な父親がこんなふうに眉《まゆ》をひそめているのは、二年前の凶作以来のことだ。

（あのときは大変だったなぁ……）

なにかあったときのために、と備蓄していた穀類等も底をつき、にっちもさっちもいかなくなっていた。他領から食料を融通してもらうにも、どこも足元を見て普段よりも高い値段をふっかけられ、そもそもが金のないアドリントンにはどうすることもできなかった。

結局、騎士団にスカウトされたルーカスの契約金と、既に王宮の文官として出世しつつあったニールがどうにか金を工面してくれてなんとか乗り切ったものの、実はその借金もまだすべてが返しきれていない。

イアンが農業に精を出すのも、領内を少しでも豊かにしたいためだった。

それはともかく、父親と長兄の悲壮な顔の理由はなんだろうか。

そう思っていると、父のグスタフが一通の封書をイアンに手渡しながら口を開いた。

「ホルムグレン家からだ」

それを聞いて、イアンは目を瞬《しばた》く。

ホルムグレン家は伯爵家で、家族ぐるみで親しく付き合いをしている。そしてその家の令嬢アンナとは幼なじみであり、イアンの婚約者なのだ。

そのホルムグレン家からの手紙をいきなりイアンに手渡されて、どこか嫌な予感がした。

「……手紙ですか」

受け取った手紙を見ると、確かに封蠟《ふうろう》にはホルムグレン家の印章が用いられていた。

これだけならまったくおかしいところはない。両家ともに密に付き合っているため、手紙などのやりとりも頻繁にあるのだから。

しかし、次に聞いた父親の言葉でイアンの嫌な予感は当たってしまったのだった。

「ホルムグレン家との縁談はなくなった。アンナ嬢との婚約は破棄だ」

苦々しげに口にするグスタフの横で、フリードは大きく溜息をついていた。

イアンにしてもいきなり婚約破棄と言われ、ただただ面食らうばかりだ。

「婚約破棄って、どうして……」

戸惑いながら口にしたイアンに、フリードが「エリクソン公爵家だ」と忌々しげに吐き捨てた。

「アンナ嬢はエリクソン公爵家のゴトフリート様と婚約なさるそうだ」

「ゴトフリートと!?」

イアンは思わずといったように大きな声を出し、慌てて手紙を開く。

そこには伯爵のサインとともに、婚約破棄をする旨の内容が書かれていた。

ゴトフリートはイアンとは貴族学院での同級生だった。自分たちはつい先日、学院を卒業したばかりなのだが、ゴトフリートとはとても仲がいいとはいえなかった。

というのも、ゴトフリートが一方的にイアンをライバル視した上、自身が公爵家の者だからかアドリントン家のことをバカにして蔑《さげす》んでくるためイアンは相手にしていなかったのだ。なぜライバル視などしてくるのかというと、彼は昔からアンナへ特別な気持ちを抱いていたためだ。

アンナは可愛いだけでなく、気立てのいいやさしい娘で、イアンも一緒にいると穏やかな気持ちになれる。小さな頃から近くにいるのが当たり前だったせいか、恋心というより今はもう家族のような愛情に近いのだろうけれど、一番好きな女性だ。

そのアンナのことをゴトフリートがつけ狙《ねら》っていたのは知っているし、何度も彼女にアプローチしてはけんもほろろに断られ続けていたのも知っている。

そのゴトフリートがアンナと婚約と聞いてイアンは驚いたのである。

そもそも自分たちの婚約は国王陛下にも届け出ていて、認められているものだ。それを破棄して覆すとなると、相当な手続きを踏まなければならない。しかしこうしてホルムグレン家から書面で婚約破棄を言い渡されたところをみると、既に手続きも済んでいるのだろう。しかし、なぜいきなり婚約破棄なのか。

「父上、どうしてこんなことが」

気が動転したイアンはグスタフに詰め寄る。

手紙には婚約破棄の理由などなにも書かれておらず、一方的にそれを告げるのみの文章で、なにがなんだかわからずイアンは混乱した。

そんなイアンの気持ちを先回りしたのか、フリードが横から割って入った。

「伯爵家はどうやら投機に失敗したらしくてね。あちこちに借金を抱えたようだよ」

「借金？」

「ああ。ホルムグレン家が王都のインメル商会に肩入れしているのは知っているだろう？」

イアンは頷《うなず》いた。

インメル商会というのは王都で新進気鋭の商会として最近頭角を現している商会だ。そしてその商会の後ろ盾になっているのがホルムグレン家だった。商会は貴族の後ろ盾がなければ高い地位の顧客を摑《つか》むことができない。貴族との繫《つな》がりがそのまま販路の構築に繫がるためだ。そのため、大手の商会はそれなりの爵位を持つ貴族を後ろ盾に持っていた。

「インメル商会は先だっての嵐《あらし》で、船を何隻も失ってね。商会に泣きつかれてホルムグレン家が資金援助したようなんだが、その資金を取り返そうと投機に手を出して、大損をしたらしい」

いささか同情的な表情を浮かべながらフリードは続けた。

「そこにアンナにご執心のゴトフリートがエリクソン公爵に頼み込んで借金を肩代わりする代わりにアンナと結婚させろと言ったようだよ。あの家は息子を溺愛《できあい》しているからね、言いなりになって伯爵家へ縁談を持ちかけたらしい。公爵家にとってはホルムグレンの借金くらいは些細《ささい》なことだろうし、もちろん伯爵家にとっても借金がチャラになるなら一も二もなく飛びついたということだね。もともと伯爵家の台所事情もはかばかしくなかったようで、エリクソン公爵家からの申し出は渡りに船だったようだ。アンナ嬢もゴトフリート様との結婚に納得しておられると聞いているよ」

「……そうですか」

話を聞いて、イアンはすべて納得した。

伯爵家にとって、アンナとイアンとの結婚になんらメリットがあるわけではない。アドリントン家との縁談は古くからの付き合いの延長だったし、アドリントン家にとってもそれは同じことだ。

同じくらいの年回りの子が互いにいて、家同士の付き合いも親密だったし、デメリットがなかっただけの話である。

「……仕方ないですね。僕にはなにも言えませんし。アンナのためにもゴトフリートと結婚するほうが幸せでしょうから。アンナはとても賢い女性ですし、ゴトフリートと一緒に伯爵家をもり立ててくれるに違いありません。それにゴトフリートもあれだけアンナに執着していたのですから、きっと大事にしてくれるでしょうし」

イアンはにっこりと笑いながらそう言った。

だが、顔で笑っていてもがっかりしたことに変わりない。せめてアンナがゴトフリートとの結婚で幸せになることを祈るだけだ。

「アンナ嬢とおまえは幼い頃から仲がよかったからな。……我が家が貧乏なばかりにおまえには申し訳ないことをした。伯爵家を手助けできるくらいの財力があったなら、こんなことにはならなかったのだが」

すまない、とグスタフがイアンに頭を下げた。

「ち、父上……！　頭を上げてください。僕のほうこそ……破談になってしまって、申し訳ありません。伯爵家と縁続きになれば、アドリントンの暮らし向きもいくらかよくなるかと思っていたのですが、お役に立てず……」

そう、イアンが成人してもまだアドリントン家に残っていたのは、アンナと結婚して伯爵家に入ることが決まっていたからだ。

伯爵家はアンナの他には跡取りがなく、イアンを迎えることでホルムグレンの家を継ぐこととなっていた。それも今では叶わなくなってしまったのだが。

そうなると、イアンは婚約破棄されたと同時にこの家にとっても厄介者となってしまったことになる。

なにしろこの家を出て生活をする基盤がまるでない。だが、このまま家にいれば、ただの穀潰《ごくつぶ》しになってしまうだけだ。

「おまえのせいではないよ、イアン」

この件については誰も悪くはないのだ。貴族社会の中でよくあることのひとつでもあるし、けっして珍しいことではなかった。

「仕方がない。犬にでも噛《か》まれたと思うことにしようか。それに終わってしまったことを憂いてもなにかが変わるわけでもないしな。きっとまたいい縁があるだろうよ。おまえもあまり気落ちしないように」

グスタフはそう言いながら、イアンへと歩み寄り、肩をひとつポンと叩《たた》いた。

そのとき、「旦那様」と家令のギュンターの声と同時にドアをノックする音が聞こえた。

「どうぞ」

グスタフの命でギュンターはドアを開けて中に入ってくる。

「旦那様、ホルムグレン伯爵家のアンナ様がイアン様にお目にかかりたいと。先触れはございませんでしたがいかがいたしましょうか」

ギュンターは恭しくそう告げた。

きっとアンナはイアンとの婚約が破棄されたことを聞きつけて、イアンに謝罪をしにきたのだろう。彼女はとてもやさしい娘だ。きっとこのことでイアンはじめアドリントン家の者を傷つけたのでは、と胸を痛めているに違いなく、また同時に彼女自身を責めてしまっているのかもしれない。

（アンナはそういう子だ）

幼い頃から家族同然の付き合いで、折に触れ彼女はアドリントンの家を気遣ってくれていた。この婚約破棄はおそらく彼女にも寝耳に水だったのだろう。事情を聞いて、駆けつけたのだとイアンは推察した。

グスタフはギュンターの言葉を聞いてイアンのほうへ顔を振り向ける。

「どうする、イアン。断ってもいいが」

「そうですね……婚約していたとはいえ、彼女はもう気軽にここへ来ていい人ではなくなったのですし、お断りしてください。きっと彼女はホルムグレン家に内緒でここに来ているでしょうから、あまり人目につかないうちにお帰りいただいたほうが」

本当は会って直接お祝いを言いたい気持ちもあったが、彼女のためを思えば今自分と会うのはあまりいいことではないはずだ。既にイアンとの婚約は破棄され、彼女は新たにエリクソン公爵家との縁組みがなされている。婚約者のいる女性が婚約者以外の男性と会うのは好ましいものではない。

グスタフも「それもそうだ」と相槌《あいづち》を打ち、ギュンターへ馬車を帰すようにと命じた。

「でも、馬車は少し待たせておいてください。アンナに渡したいものがありますし」

「渡したいもの？」

「はい。彼女の好きな果物を」

アンナは幼い頃から身体が弱く、よく体調を崩して寝込むことが多かった。食も細いことから、いったん体調を崩すと回復にも時間がかかるのだという。けれど、イアンの育てた季節の果物だけはよく食べられることと、またアンナが言うには「イアンの果物を食べると元気になるの」ということらしく、よくねだられたのだ。

実際、イアンのところを定期的に訪れて果物を食べるようになってからは、随分と体調が整えられていたようだ。以前は頻繁に発熱していたらしいが、イアンの果物を食べるようになってからは床に伏せるのも一年のうち一度か二度になったと聞く。

アンナが喜んでくれるから、とイアンは季節ごとに彼女の喜ぶような作物を育てるようになったのだ。

(それももうお役御免だな)

もともとホルムグレン伯爵はイアンの土いじりについてあまりよく思っていなかったようだ。仮にも貴族が農民の真似事《まねごと》をするなど言語道断、と古い考え方の伯爵は許しがたかったらしい。アンナがイアンの育てた果物を好んでいたからお目こぼしされていただけであって、アンナと結婚した後は土いじりは避けてほしいと遠回しに言われていた。

だから、アンナがゴトフリートと結婚することになって伯爵もホッとしていることだろう。

そんなイアンの返事を聞くとグスタフは「ああ」と思い出したように手を打った。

「おまえはアンナ嬢に定期的に果物を贈っているのだったな」

「ええ。とはいえ、果物を差し上げるのもこれで終わりでしょう。なので、最後くらいはたっぷりと召し上がっていただきたいのです。僕からの婚約祝いとして」

「そうだな。アンナ嬢はいつもおまえの作った果物を美味《おい》しそうに食べてくれていたし、そのくらいはホルムグレン伯爵もお許しになるだろう。……では馬車は少し待ってもらうようにしておこう。おまえは果物の支度をしてきなさい」

「はい、ありがとうございます」

イアンはグスタフの書斎から出ると、すぐさま庭へと足を向けた。

アンナに贈る果物は、ちょうど今ならブドウが走りで、収穫するにはいい頃合いだ。それからイチジクも美味しい。あとはアプリコットが少しばかり残っているだろうか。それにベリー類もいいだろう。

大きなカゴを手にすると、アンナのために果物を見繕って次々に入れていく。

大好きな幼なじみにもう気軽に声をかけられなくなるのは残念なことだが、それよりも彼女の幸せを祈っていた。

アンナとの婚約破棄から数日が経った。

突然の彼女の訪問はあったものの、対外的にはそれ以降特に変わったことはない。

とはいえ、イアンは現在家族から腫《は》れ物に触るような扱いを受けており、さすがに居心地がよくない。イアン自身は吹っ切れているし、また父や兄もイアンを責めるようなことは言わなかったが、やはり一方的に婚約破棄されたことについて口さがない噂《うわさ》が広まっていたことや、イアンがいつまでこの家にいるのかも気になっているようで、家族の間に流れる空気がなんとなくぎくしゃくしていたのだった。

イアン自身も早く身の振り方を決めなければならないとは思いつつ、ちょうどジャガイモ収穫の最盛期になってしまったことから、畑仕事を優先させてしまっていた。そのため、これからのことについては先送りしていたのは否定できない。

そんなとき、いよいよフリードに「イアン」と声をかけられたのだった。

彼の表情はあまり明るいものではなかった。また、目の下にうっすらとくまができていたのが見て取れた。

「アンナ嬢とのことでおまえもショックだっただろうが、その……」

フリードはなにか言いにくそうにイアンに話しかける。

アドリントンの家の者は押し並べて皆お人好しである。そして腹芸などということもできない正直者ばかりなのだが、この兄のフリードはアドリントン家の中でも一番といっていいほどの善良な人間だった。

その兄がひどく苦しそうな表情でイアンに声をかけるものだから、イアンは彼の言わんとしていることがすぐにわかった。

（ああ、兄さんにこんな顔をさせてしまった）

イアンの心が痛んだ。

フリードは「もしかしたらイアンはこの家で居候生活を送るのかも」と密《ひそ》かに頭を抱えていたのだろう。こうしてイアンに声をかけるのも、きっと何日も悩んだに違いない。

本来であれば自分のほうから兄に声をかけるべきだったのだが、収穫にかまけて兄の気持ちを考えずにいた。

この家は裕福ではないから、食い扶持《ぶち》が一人増えるだけでも相当の負担だ。内心では早くイアンに独り立ちしてほしいと思っているはずだが、それでも両親は出ていけとは言わない。けれど、おそらく兄は両親の気持ちを汲《く》んで、自分が悪者になろうとこうしてイアンに切り出したのだ。

（できるだけ早くこの家を出ていこう）

兄の顔を見てそう決心する。

イアン自身は作物を育てるのも得意だし、土地さえあれば自分一人の食い扶持くらいはなんとかなる。

（うちのジャガイモ畑もなんとか軌道に乗ったし、種イモも収穫できた。これなら兄さんとギュンターに言っておけば、定期的な収穫を得られるはずだ）

自分の作った畑も少しはこの家の足しになるだろう。そう考えると、多少は家の役に立つことができたかもしれないと、イアンはいくらか満足した。

「兄さん、僕はできるだけ早くにこの家を出ていくからね」

フリードが出ていけと促す前にイアンがそう口にした。

するとフリードは目をパチパチと瞬かせる。

「え？」

まさかイアンから出ていくという言葉が出るとは思わなかったのか、フリードはひどく驚いた様子だった。

「なに驚いているの。僕に早く出ていってほしい、って言いにきたんでしょ」

イアンはあっけらかんと笑いながら言う。

「え、いや……それは違う。あ、でも……ええと」

しどろもどろのフリードにイアンはにっこりと笑った。

「わかってるって。これでも僕もアドリントン家の一員だからね。今まではアンナとの結婚が控えているから、この家に置いてもらっていたけど、さすがにそうもいかなくなったでしょ。本当はニール兄さんやルーカス兄さんのように優秀なら王都で働き口もあっただろうけど、僕の魔力の弱さとスキルじゃ、王宮にも取り立ててもらえないもんね」

「イアン……」

フリードは申し訳なさそうな顔をしてイアンを見つめていた。

兄もこの家を守ろうと必死なだけなのはわかっている。それにこれまで本当にイアンによくしてくれていた。弟思いの兄のことを考えると、これ以上気苦労はかけたくない。

「だからね、考えたんだけど、兄さんちょっと聞いてくれるかな」

イアンにはひとつの考えがあった。

実はアドリントン家の領地は意外に広い。ただ、人が住むにはあまり適さない土地が多いだけなのだ。

隣国であるザルツフェン帝国との国境付近――ほとんど人の往来もない辺鄙《へんぴ》な場所にア

ドリントンの領地がある。その場所にはミリシュ村という小さな村があるきりなのだが、もう何十年も見回っていない状態で、領地管理人すら置いていない。というのも、その村へ向かうには強い魔物も頻繁に出没する深い森林を抜けていかなければならないためだった。

かつては農作地帯だったらしいのだが、数十年前にあった隣国との争いで、数多くあった村々も滅びてしまい、今ではミリシュ村しか残っていないのだという。

以前はきちんと作物が収穫できていた、というのをイアンは倉庫整理の際に見つけた過去の報告書から知って、自分が行くならそこだ、と決めたのだ。

そしてイアンは自分の考えをフリードに告げる。

「ミリシュ村……そういえばそんな村あったな」

どうやらフリードはミリシュ村の存在を忘れていたらしい。

「うん、ほら、兄さんこの前地図を広げていたじゃない。それを見て、あれ？　って思ったんだよね。帝国との国境近くにポツンと村があるなって」

「ああ、思い出した。あまりに遠いし、行き来するだけで徴税分の金が飛ぶと考えて見回りにも行っていなかったんだよ」

フリードの言うとおりミリシュ村までの道のりは遠く、また護衛の冒険者を雇う必要もある。わずかしかいない村民の税などたかが知れており、取り立てる税金が労力の下になっては本末転倒だ。そのため、現領主である父親のグスタフはミリシュ村については見て見ぬ振りをしているらしい。また、領地管理人を立ててもその者へ支払う給与はミリシュ村からは得られる算段がなかったことから、管理人を置くこともしていないようだった。

「だからね、僕がそこに行こうかと思っているんだ。僕が領地管理人としてミリシュ村へ行けば、村の農業を発展させたら税金も納められるようになるかもしれないし、家族なんだから兄さんたちは僕に給与を支払う必要はないでしょう？」

「いや……それは……しかし」

フリードは必死にイアンの提案について考えているらしく、しかつめらしい顔をしていた。

「そんなに深く考えないでよ。父上も兄さんも食い扶持が減ると思ってさ」

だが、イアンの軽い口調にフリードはキッと目を剝《む》く。

「バカを言うな！　可愛い弟にそんな苦労させたくないだろう！　確かにアドリントン家は金には困っているが、今すぐに出ていけと言うつもりはなかった。私はニールに指導してもらって、文官試験を受けたらどうかと言うつもりだったんだ。ミリシュ村などあんな辺鄙なところにおまえを追いやるつもりはない。あそこに行くまでの森にはワイバーンやかつてはアースドラゴンだって出たことがあるんだぞ」

思っていたことと違って、今度はイアンが目を丸くした。フリードはそんなつもりでいたのか、と。

しかしイアンはすぐに苦笑を浮かべた。

「ごめん、兄さん。もし文官試験に受かったとして王宮勤めなんて、僕には向いてないよ。一日中王宮の中で仕事なんてうんざりだもの。それならやっぱりミリシュ村へ行きたい」

前世で散々机にかじりついていたのだ。その上職場で命を落としてしまった。せっかく新たな人生を満喫しているのに、また四六時中書類とにらめっこなどごめんだった。

「それにね、僕の土魔法でどこまでやれるかも試してみたいし」

その言葉は本当だ。今はこの家の近くの限られた畑でしか作物を育てられていないが、広い土地でもっと大がかりに農業を手がけたい。

イアンの熱意が伝わったのか、フリードは少し考えた後に小さく溜息を落とし、それから口を開いた。

「そうか。嫌々というわけではないんだな？　婚約破棄で自棄《やけ》になっているわけでもない……そうだな？」

「もちろん。そりゃあ、アンナとのことはショックじゃないといったら嘘《うそ》になるけど、貴族だからね。もしかしたらこんなこともあるだろうな、と頭の片隅にいつも置いていたし、覚悟もしていた。だから自棄じゃない。お願い、ミリシュ村に行かせてください」

そうイアンはフリードへ頭を下げた。

「……けっして楽な道じゃないぞ。それに私たちも気軽に手助けできるような場所じゃない。それはわかっているな？」

「わかっています。でも、これもひとつのチャンスだから、僕は頑張ってみたい」

「わかった。じゃあ、父上にはそう伝えておこう」

「ありがとう、兄さん」

イアンが礼を言うと、フリードは手をひらひらとさせながら、その場を立ち去った。

（よかった。でも兄さんがあんなに厳しく言うなんて意外だったな。ミリシュ村って、やっぱりかなり辺鄙なところなんだな。報告書で見た視察費用の割合がやけに高いと思っていたけれど、冒険者の護衛分の金もかかっていたのか）

地図や報告書を見たときに、一応は覚悟したつもりだったが、ミリシュ村へ辿り着くまでは厳しそうだ、とイアンは気を引き締める。

「早速、向かう準備をしなくちゃ」

両手でパチン、と自分の頬《ほお》を叩き、気合いを入れながら、善は急げとイアンは支度をはじめることにした。

イアンの宣言から半月が経ち、アドリントン家を出る日がやってきた。

本当はすぐに出ていければよかったのだが、畑などについて兄たちに引き継ぎをしたり、さすがに辺境の地へ向かうとなると支度にも時間がかかり、半月も時間を費やしてしまったのだ。

とはいえ、ひとまずミリシュ村の領主管理人という立場でイアンは赴くことになる。

管理人とはいうが、もともとミリシュ村からこの何十年も徴税は行われていなかったため、徴税に関しては当面の間見逃してくれることとなった。その間に村を立て直すことができれば、そのときに考えるとグスタフは言ってくれた。

持ち物はバッグがひとつ。といってもこのバッグはマジックバッグで、本棚ひとつ分くらいの荷物であれば収納できる便利なものだ。

そこに野営用のテントと当面の食料と野営に必要な道具や道中に必要になるだろう数々の薬草を入れた。またアドリントン男爵のサインと印章をしたためた辞令の書類と当面のお金。金はこれまで貯めたアルバイト代の銀貨三十枚と両親が持たせてくれた金貨三枚、これがイアンの全財産になる。

イアンに持たせてくれた金貨三枚を捻出するのも今のアドリントン家にとってかなり無理をしたことだろう。はじめイアンは辞退したのだが、どうしても持っていけと珍しく父親が涙を流したので、ありがたくもらっていくことにした。

森に差しかかるところにある村までは辻《つじ》馬車が走っているのでそれを使うことにし、そこからは徒歩でミリシュ村へ向かう予定である。

本当は途中の村で馬を調達できれば一息に森を抜けられることからそれが一番いいのだが、それは難しかった。なにしろ片道だけの旅になるため馬は借りることはできず買い取りになるからだ。買い取るとなるとやはり馬は高く、貴重な金貨を失うため、今後のことを考えて馬の調達は断念した。

兄のフリードからは、森を抜けるには必ず冒険者を雇えと言われたが、イアンは路銀の節約のためにそれはやめようと思っている。

というのも、実はイアンには土魔法以外に動物などを手なずけ、従魔の契約を結ぶことができるテイムというスキルがあるためだ。それほどレベルの高い魔獣でなければテイムが可能だし、一時的にテイムした動物に周囲の偵察をさせることもできるため、魔物との遭遇を避けられるだろうという心づもりがあった。

ただ、家族を心配させないために冒険者を雇うとは言ってあるが。

「それじゃあ、行ってきます」

イアンがそう挨拶《あいさつ》すると、母親が「ちゃんと手紙を書くのよ」などと心配そうに言う。手紙を書いたところで、届くのはいつになるだろうな、とイアンは苦笑しながら「わかりました」と心配させないように母親にハグをした。

「身体に気をつけるんだぞ。おまえはよく無理をしがちだから」

父や兄にそんな言葉をかけられて、イアンは馬車に乗り込み、そして馬車は走り出す。

長年住んだ家やそして家族らの姿がどんどん小さくなっていくのを見ながら、イアンは少し寂しさを覚える。

自分で決めたことだが、やはり故郷から離れるというのは不安もあるものだ。

（イアン、しっかりしろ。父上や母上、そして兄さんたちのためにミリシュ村で頑張ろうって決めたんだから）

唇をキュッと噛んで、顔を上げる。すると、目の前にいた商人の男性がにっこりと笑った。

目の前の彼は街——アドリントンの領都、といっても小さな街だが——レメルにある小さな商会を営む商人だ。ヒースという彼はミリシュ村へ向かう途中にあるライネ村まで行くというので同行させてもらった。

「アドリントンの坊ちゃんはライネ村にご用事かなにかで？」

そう聞いてきたのは、おそらくイアンが家の用事かなにかで出かけるだけとでも思ったのかもしれない。

「いえ、僕が向かうのはライネ村ではなく、さらにその先のミリシュ村です」

ミリシュ村と聞いたヒースは驚いたような顔をした。

「随分と遠くまで行かれるんですね。ご領主様のご用事かなにかでしょうか」

「いえ、ミリシュ村に住もうと思って。これでも領主代理としてなんですけれど」

「そりゃまた大変なことだ。いや、坊ちゃんなら大丈夫ですよ。いつも一生懸命働かれていたでしょう。きっと神様は見ていらっしゃって、うまくいきますよ」

ヒースは楽しい男で、そんなふうにライネ村までまったく退屈せずに済んだ。

馬車から眺める外の景色は、すべてが鮮やかで、どこもかしこもが輝いて見える。これからはすべてが自己責任だが、同時に自由を得ることもできるのだ。

「じゃあ、坊ちゃん。道中お気をつけて。神のご加護がありますように」

「ありがとうございます。ヒースさんもお気をつけて」

ライネ村に到着した馬車を降りて、イアンはヒースと別れた。

これからこの村に一泊して、夜が明けたら森に入らなければならない。

イアンはヒースに紹介してもらった宿屋に泊まり、早々に身体を休めることにした。


あくる日、イアンは宿屋のおかみさんに頼んで作ってもらった弁当を携えながら、いよいよ森に入ることにした。

幸い天気はよく、雨の心配はしなくてよさそうだ。

——兄さん、本当に護衛がなくて大丈夫かい？

宿屋のおかみや主人に最後までそんな心配をされたが、用心するから、とだけイアンは答えたのだった。

彼らが心配していたのももっともで、数日前に魔物の群れが出没したのを通りかかった冒険者が見つけたというのだ。ただ、その群れはいつの間にか消え失せていて、森は静かになったようだが、まだ油断はできないという。

それでもイアンには冒険者を雇う余裕などはなかった。

今は森も静かだというし、油断は禁物だが、警戒を怠らなければ問題ないだろう。

そう思いながらイアンはギルドでもらった森を含めた地域一帯の地図を広げて足を進める。

「この泉まで行くのが今日の目標かな。水もあることだし、ここで野営しよう」

分け入った鬱蒼《うっそう》とした森の中にはとりあえず旅人が通行している道がある。ただ、通行量が多いわけではないから、明るいうちでなければすぐに迷ってしまいそうだった。そのためイアンは慎重に歩いていく。

（……魔物は確かにいない。けど……他の動物の気配も感じないな）

魔物には遭遇しない代わりに、道中の食料になるかもしれないウサギや鳥などの気配もほとんどなかった。

（森を抜けるまで少なく見積もっても四、五日はかかりそうだから……）

ひとまずマジックバッグに携帯保存食は入れてあるし、今日は宿の弁当があるからいいとして、木の実などを見つけたらできるだけ採っておこう、とイアンは考えた。

道中は順調だったが、目標にしていた泉はまだ先のようで、どこにもそれらしい場所は見当たらない。

「おかしいなあ。地図だとそろそろのはずなんだけど」

地図上で目印としている大きな樫《かし》の木は確かめることはできたが、目的の泉はまだ見えず、到着できないまま、そろそろ日が傾こうとしていた。

(早くしないと暗くなってしまう)

ただでさえ森の中は、昼でも薄暗く、湿った土の匂《にお》いが鼻をかすめる。鳥の囀《さえず》りも途絶え、静寂があたりを包み込む中、イアンは足元に目を凝らして慎重に歩を進めていた。目的地であるミリシュ村は、あと数日の距離にある。明るいうちに水場に辿り着いておきたい。

突然、茂みの向こうから微《かす》かな鳴き声が聞こえた。イアンは足を止め、耳を澄ませる。微かだが、確かに苦しげな声が響いていた。

イアンは思わず立ち止まり、どこから声がするのか、とキョロキョロとあたりを見回す。

「……誰かいるの?」

そう呼びかけるが、返事はない。

すると、クウン、と少し離れた大きな木の陰からまたしても鳴き声が聞こえた。

「犬……?」

どうやら人ではなく犬の鳴き声のようだった。

イアンは慎重に鳴き声のするほうへと向かい、草むらをかき分けてみると、そこには小さな白い毛玉のような子犬が、傷だらけの姿で横たわっていた。

「おい、大丈夫か？」

イアンはそっと手を伸ばし、子犬の身体に触れた。手のひらに伝わる体温は、まだ生きていることを示しているものの、呼吸はひどく荒く、痛みに耐えている様子だった。子犬の身体には深い傷が刻まれ、血が滲《にじ》んでいる。おそらく、魔物に襲われたのだろう。小さな身体には、その痕跡《こんせき》があまりにも生々しく刻まれていた。

イアンが様子を見る間にも体温が随分と低くなっていく。

慌てて防寒用にと持っていたマントを広げると、子犬を抱き上げてその上にそっと寝かせた。子犬は鼻も乾き、息はさらに荒くなってきた。

「かわいそうに……」

軽く溜息をつき、イアンは急いで包帯と薬草を取り出し、手早く応急処置を施しはじめた。冷たい指先で薬草を塗り、包帯を丁寧に巻いていく。子犬はイアンの手に身を委《ゆだ》ねるように、時折弱々しい鳴き声を上げるものの、逃げ出そうとはしなかった。その姿に、イアンは胸が締めつけられるような気持ちになる。

水筒の水を器に注いで飲ませようとしたが、子犬は震えるばかりで水のほうへ見向きもしなかった。

「そうだ」

マジックバッグの中に手を入れて、イアンは中をごそごそと探る。そうして一本の小瓶を取り出した。これはポーションと呼ばれる傷の治癒薬だ。ただ、イアンの持っているこのポーションはランクが一番低いから、治癒力については気休め程度と考えたほうがいいだろう。

なにしろポーションは値が張る薬だ。一番低いランクのこの小瓶でさえ、銀貨三枚の値段であり、部位の欠損が治癒できる最高ランクのものは金貨百枚ともいわれる。無論、そんなものは手が出せるわけもなく、イアンが買うことができたのはこの低ランクのものだけだった。

それでも使わないよりはいいと考え、イアンは小瓶の飲み口を子犬へ近づける。はじめ子犬はそっぽを向いたが、これを飲んでくれなければ本当に命に関《かか》わる。少し無理やりだったが、子犬の口に小瓶の中身を流し込んだ。

すると、みるみるうちに出血が止まる。とはいえ、傷が治ったわけではなく、やや塞《ふさ》がったという程度になっただけだったが。

それでも子犬の呼吸は随分と楽なものになってきたようだった。その様子を見て、イアンはホッと胸を撫で下ろす。

「こんな小さな身体で、一体どんな恐ろしい目にあったんだ？」

言葉には出さなかったが、子犬の目にはイアンになにかを訴えるような光が宿っているように見えた。イアンは無意識に、その頭をやさしく撫でる。ふわふわとした白い毛が指に触れ、心の奥がじんわりと温かくなる。自然と笑みが浮かび、彼は少し躊躇《ためら》いながらも、「リル」と名前をつけることに決めた。

よく見ると、毛の色は白というより銀色を帯びていてとてもきれいだった。また、虹色に変化する不思議な色味を持つ瞳《ひとみ》は神秘的で、イアン自身この目で見たことはなかったが、伝説の魔獣フェンリルのように思える。なんとなく、フェンリルだったらいいな、とそんなふうに考えたことがその名前にした理由だ。

「リル、きみをリルって呼んでもいいかな」

そう告げると、子犬は微かに尻尾《しっぽ》を振って応《こた》えるように見えた。それを見て、イアンは不思議な感覚に包まれる。リルの視線が心に直接触れてくるようで、まるで運命が交錯したかのような気さえする。胸の中に広がるこの感覚は、ただの偶然以上のなにかだと、イアンは感じずにはいられなかった。

その瞬間、イアンの身体が温かな光に包まれた。驚いてあたりを見回すが、どうやらリルから発せられた光のようだった。リルが静かに目を閉じると、その小さな身体からやさしい光が放たれ、イアンの手に伝わってくる。光は一瞬で収まり、静けさが戻ったが、イアンはなにかが変わったことに気づく。

「……これって、テイムしたってこと……だろうな」

念のためステータスウインドウを覗《のぞ》くと、やはりリルと従魔契約したことになっており、さらにリルは思ったとおりフェンリルだった。どうやら、名付けとともにイアンはリルをテイムしてしまったらしい。

リルのステータスも一応確認すると、彼は風魔法を操れるらしい。心強いな、とイアンは思った。

ただ、リルとのテイムは今までイアンが行ってきたテイムとはまたまったく異なる感覚をもたらしていて、味わったことのない不思議な感覚にイアンは自分でも信じられないような気持ちで、リルを見つめた。

実はぱっと見、リルは魔狼《まろう》かと思ったのだが、リルの白く美しい毛皮と瞳の神秘的な輝き、そしてテイムしたときの感覚からそうではないとイアンの直感が告げていた。

リルは茫然《ぼうぜん》としているイアンをじっと見返している。その瞳の奥には、ただの動物にはありえない、知性と深い愛情が宿っているように感じられた。

「きみは本当にフェンリルなんだね」

その問いにリルは肯定するようにひとつ瞬《まばた》きをイアンに返した。イアンの言葉を理解しているような様子にやはりただの魔獣ではないと感心せずにはいられなかった。

リルがフェンリルの仔《こ》なのだとしたら、親のフェンリルの姿は確認できないから、どこかではぐれたか、それとも――。

リルにとってあまりいい想像ではなかったことに、イアンはぎゅっと目を瞑《つぶ》って今考えたことを頭の中から追い出した。

「――そっか。不思議な縁だね」

こんなところで伝説といわれる魔獣をテイムするなんてと驚きはしたが、この子はまだ子どもでしかも怪我《けが》をしている。こうしている間にも体力が奪われていくだろう。早く休ませて、食事を与えないと。

「まずは傷を早く治そうか。ポーションが効いたとはいえ、まだ完治したとはいえないし。泉に着いたらきれいな水で洗ってあげる。その後にご飯をあげるから、少しだけ待っていて」

傷には清潔が第一だ。そして体力も。

「泉まではきっとすぐだから」

イアンはそう呟くと、リルを大切に抱き上げ、やさしく撫でてやった。自分がはじめて飼う相棒——いや、家族のような存在ができたことに、彼の心は温かく満たされていった。

リルを拾った場所から泉まではそれほど距離はなかった。

ようやく泉まで辿り着けたことに安堵《あんど》しながら、抱きかかえていたリルをマントごと柔らかな草の上に寝かせる。その頃にはすっかり日も暮れていた。

「なんとかここまで来られてよかった。今日はここで野営だ」

独りごちながらバッグからカンテラを出して明かりをつける。

そうして野営のためにあたりから乾いた小枝を集め、火を熾《おこ》す。パチパチと木の皮が爆《は》ぜる音が鳴り、暗くなった空に火の粉が舞いあがった。

リルは痛みから解放されたためか、うとうとしている。イアンのことが気になりつつも、目を開けていられない、といったところかもしれなかった。

そんな可愛らしい様子にイアンも頬を緩める。

「さて、まずは身体をきれいにしてやらないとね」

そう言いながらイアンはバッグから布を取り出し、泉の水に浸した後、軽く水気を絞った。

　傷だらけだった身体には、リルのものかそれとも別の獣のものかわからないが、乾いて固まった血液がべったりと付着している。

　本当は水でざぶざぶと洗ってやりたいが、日が暮れてしまってからでは濡《ぬ》れた身体が冷えてしまうだろう。明日日中にでも身体を洗ってやろうと思いながら、丁寧にリルの毛についた血の塊を拭《ふ》き取ってやった。

　イアンは鍋《なべ》を火にかけ、湯を沸かす。器の中に持ってきた干し肉と干した野菜の欠片《かけら》を入れて、熱い湯を注ぎ、そこに塩をひとつまみ入れて簡易的なスープをこしらえる。

　リルには塩を入れない肉だけのスープを与えた。もちろん、完全に冷ましてやってから、リルの鼻先に与える。

　スープの器の匂いを嗅《か》いだリルはおそるおそる舌を出して、スープを味見するような仕草をした後、安心したように干し肉までペロリと平らげた。湯に戻したことで干し肉も食べやすくなっていただろう。怪我をしたリルに負担のないようにと思っていたが、食べきったことでイアンも安心し、今度は自分の食事に取りかかった。

　硬いパンをナイフでこそげるようにして切り、その切片を少し火で炙《あぶ》るといくらか柔らかさを取り戻す。それをひと口食べて、スープを啜《すす》る。

温かい食事がじんわりと身体に染み渡り、イアンはほう、とひとつ大きな息をついた。

リルも食事と焚《た》き火《び》の暖かさで人心地ついたのか、眠ってしまったようだ。規則正しい寝息を耳にしながら、イアンはこの小さな命を救えたことに、満足げに微笑んだ。

ワン、という鳴き声でイアンは目覚めた。

「う……ん？」

薄く目を開けると、リルがイアンの頬をペロペロとしきりに舐《な》める。

「あ……」

そこでようやくはっきりと目が覚める。元気になった子犬が尻尾を振っているのが目に入った。

「元気になったのか！　よかったな！」

勢いよく起き上がると、イアンはリルを抱きしめた。

「よし、朝ご飯にしようか。たくさん食べてもっと元気になるんだぞ」

イアンの用意した朝ご飯もぺろりと平らげたリルはうれしそうにじゃれついてくる。それがとても可愛くて、イアンはリルと離れがたくなった。

近くに親犬もいないようだし、一緒に旅をするのも悪くない。やはり一人きりの旅より相棒がいたほうが楽しいだろう。

「あはは、甘えんぼだな」

そう持ちかけると、リルは尻尾を大きく振りながらしきりに「ワン、ワン」と応えるように鳴いた。

リルを助けた翌日、イアンは彼を連れて森の中を少し探索した。リルの傷はまだ完全には癒《い》えていないが、歩けないわけではなさそうだ。それでも、時折疲れたように足を引きずるリルの姿を見るたびに、イアンはその小さな身体を抱き上げて、腕の中に収めた。柔らかい毛が頬に触れると、なんともいえない愛《いと》おしさがこみ上げてくる。

リルもまた、イアンに寄り添うようにじっとしていた。目を細め、安心しきった表情で眠り込むことさえあった。イアンは時折立ち止まり、木々の隙間《すきま》から差し込む日差しを頼りに周囲を確認する。森の中は薄暗いが、木漏れ日の光がところどころに差し込み、リルの白い毛がほのかに輝いて見える。まるで、彼の存在そのものが小さな灯火《ともしび》のようにイアンを照らしているかのようだった。

次の日もその泉に留《とど》まり、そこで野営することにする。

リルの身体が心配で、移動することはやめたのだ。

火を熾して簡単な食事を済ませ、リルにも前日のスープと同じものだったが、旅ではあり合わせの食事しかできない。ごめんな、と言いながら、干し肉の入ったスープを与えた。

リルは小さな口でゆっくりと干し肉を噛みながら、目をきらきらと輝かせてイアンを見つめている。その姿に、イアンの胸が温かく満たされる。こんなにも頼りない小さな命が、今は自分に全幅の信頼を寄せているのだと思うと、自然と守りたいという気持ちが湧《わ》き上がるのを感じた。

夜が深まり、焚き火の明かりだけが二人を照らす中、リルはイアンの膝に寄り添うように丸まって眠りについた。その姿は、どこか神聖なものを感じさせ、イアンはただその小さな命が自分の傍にいることの奇跡を噛みしめるように、静かに瞼を閉じた。

翌朝、日もまだ昇らないうちにイアンが目を覚ますと、リルもすぐに目を覚まし、ふわっとした毛を揺らしながら身体を伸ばした。彼は随分と傷が癒えてきたのか、前日よりも元気そうに見える。イアンが「リル」と声をかけると、リルはうれしそうに短い尾を振り、小さく吠《ほ》えて応えた。

「元気になったね。少しきれいにしようか」

そう言ってイアンは泉の水でリルを清める。汚れはきれいになったが、身体は濡れたままだ。このままだと風邪《かぜ》をひいちゃうな、と乾いた布で拭こうとしたときだ。

ふわっとそよ風がリルの身体を包み、あっという間に身体を乾かしてしまった。

「そっか、リルは風魔法が使えたんだよね。便利だなあ」

すごいすごい、とイアンがリルの毛皮をわしわしと撫でると、リルはうれしそうにイアンにじゃれつく。こんな触れ合いができることが本当にうれしかった。

日が昇り、森は薄霧に包まれ、あたり一面が幻想的な景色に変わっている。霧の向こうからは鳥たちの囀りが聞こえ、足元には露に濡れた苔が柔らかく敷き詰められていた。イアンとリルは、霧の中を歩きながら、朝の清々《すがすが》しい空気を胸いっぱいに吸い込んだ。

「じゃあ、出発するよ」

イアンはリルに声をかけると二人で過ごした泉を離れる。

リルは怪我をしていたとは思えないほど元気にイアンの周りを走り回っていた。

そうして時折立ち止まり、興味深そうに鼻をひくひくとさせて、周囲の匂いを確かめる。

イアンもまた、彼がなにかを見つけるたびに立ち止まってその姿を見守り、リルが戻ってくると、やさしく頭を撫でてやった。

どうやらリルはこれでイアンの護衛をしているらしい。自信満々な表情にイアンはクスッと笑った。

泉を離れ、あたりをよくよく見ると、そこいらに大きな魔獣の死体があった。もしかしたらリルはこの魔獣らと戦ったのだろうか、とイアンはふと思った。リルの怪我の様子から考えると、おそらくそうなのだろう。その数の多さに、もしイアンがこの魔獣の群れと出くわしていたら、と思うとゾッとした。

「結果的にリルが僕を守ってくれたんだね」

魔獣の数の多さに、フェンリルとはいえ、まだ幼いリルはひどく苦戦したのだろう。あのひどい傷はこのためだったのか、と思うとイアンはリルに深く感謝したくなった。

そんなリルは今、花にとまっている蝶々《ちょうちょう》と戯れている。

傍目《はため》に見れば可愛らしい子犬が実は伝説の魔獣フェンリルだなんて、誰が思うのだろう。とはいえ、この森にいるのは自分たちくらいで、それが証拠にこれまで誰とも行き会うことがなかったから、そんな話はどうでもいいのだけれど。

「一人じゃなくてよかった」

ふとイアンが呟くと、リルは首を傾《かし》げるようにして彼を見上げた。その純粋な瞳には、確かになにかを理解しているかのような光が宿っている。それに気づいたイアンは、なんとなく心がふっと軽くなり、微笑みを浮かべる。

もしイアン一人でこの森を抜けていたら、森の魔獣だとか、寂しさだとか、きっとそんな様々な不安で押し潰されそうになっていただろう。

けれど今イアンの傍にはリルがいる。なんて心強いんだろう、とイアンは空を仰いだ。

日が高く昇るにつれて、森はさらに明るくなり、薄霧も徐々に晴れていった。二人は昼食のために、清流のほとりで一休みすることにした。冷たい水が静かに流れる音が心地よく、イアンは水辺に座りながらリルに水を飲ませた。リルは夢中で水を飲み、時折顔を上げてはイアンに目で感謝を伝えるように見つめている。イアンはその姿に微笑み、手のひらで冷たい水をすくい、自分も飲んだ。冷たい水が喉《のど》を潤し、疲れた身体が少しずつ癒《いや》されていく。

その後、二人はまた歩きはじめたが、リルはしきりに周囲を気にするようになった。なにかを探すように地面をくんくんと嗅ぎ、耳をピンと立てている。その様子を見たイアンも自然と緊張し、周囲に目を配った。リルがなにかを感じ取っているのかもしれない――そう思った次の瞬間、茂みの中から小さな影が飛び出してきた。

それは、リスだった。

リルは一瞬鋭い目つきになり、ウウ……、と唸《うな》り声を上げたが、リスがただの小動物であることを理解すると、警戒を解き、イアンの足元に戻ってくる。イアンは安堵の息を吐きながらも、リルの反応に頼もしさを感じた。

「ありがとう」

礼を言うと、リルはなにも答えないが、彼の足元で安心したように丸まり、再び歩く準備が整ったことを示している。イアンは静かにうなずき、二人はまた歩き出した。

夕方になり、森の中が赤く染まりはじめた頃、二人は休息のために小さな開けた場所に腰を下ろした。日が傾き、あたりは柔らかなオレンジ色に染まっている。リルはその光に照らされ、まるで小さな白い炎のように輝いて見えた。

「リルは僕とずっと一緒にいてくれる？」

イアンは、自然とそんな言葉を口にしていた。リルは彼の声に反応し、きらきらとした瞳で彼を見つめた。まるで「もちろんだよ」と言っているかのように。

その瞳には、深い信頼と絆《きずな》が宿っているのを、イアンは確かに感じた。

リルと出会ってからまだ数日しか経っていないが、彼はリルが自分の相棒であり、かけがえのない存在であると確信していた。

その夜、イアンとリルはともに空を見上げ、夜空に輝く星々を眺めていた。静かな森の中で、二人だけの時間が流れていく。リルはイアンの傍で小さく丸まり、彼の温《ぬく》もりを感じながらゆっくりと眠りについた。イアンは、そんなリルの寝顔を見つめながら、彼が無事に傷を癒し、元気に成長してくれることを心から祈った。

森を抜けてミリシュ村に辿り着くのは、もう少し先のことだ。

しかし、イアンにとって、この旅がひとりぼっちではないことで心は満たされ、村に着いてからの暮らしに対する希望も湧き上がっていた。


あくる朝もイアンは日の光を浴びながら目を覚ました。隣でリルがぐっすりと眠っている姿に、彼は思わず微笑む。

まだ幼いリルは、ふわふわの白い毛を揺らしながら穏やかな寝息を立てている。

「こうして見ると、ただの子犬なんだけどなあ」

これでもこの子はフェンリルなのだ。

まだ聖獣としての真価は発揮しているところを見ていないが、成獣のフェンリルはドラゴンにも引けを取らないといわれているほどの力を持つ。

「早く大きくなってほしいような、まだ小さいままでいてほしいような」

複雑な気分だなあ、と呟きながら、イアンはリルの頭をやさしく撫でた。その柔らかな毛の感触は、心の奥まで癒されるようだった。

その後すぐにリルが目覚め、イアンたちは旅路を急ぐ。

深い緑に包まれた森は、朝の光に照らされて美しく輝いていた。鳥たちの囀りが響き渡り、木漏れ日がイアンの歩みを祝福するように降り注ぐ。

イアンとリルは枝をかき分けながら、食材になりそうな果実や薬草を探しつつ、ゆっくりと足を進めていった。

「今日も歩いたなあ」

はあ、とイアンは大きな息をつく。

一日中歩き通しなせいで、身体はくたくただ。けれど、この森は木の実や食べられる野草も多く、また怪我が完全に治ったリルが頃合いよくウサギなどを狩ってきてくれるため、食事には不自由しない。

それだけはありがたいな、とイアンは倒れて横たわっている樹木の幹に腰かけた。

今夜は水辺は見つけることができず、少し奥まったところに開けた場所があり、そこに拠点を据えることにした。

イアンはバッグから地図を取り出し、それを広げる。

まじまじと見ると、どうやら森の出口は近そうだった。

「リル、明日には森を抜けられそうだよ」

数日間、森の中にいたことになるが、ようやく旅も終わりが近づいてきたらしい。

終わりが見えてくると、この疲れもどこかへ飛んでいくような気がした。

とはいえ、身体は疲労困憊《こんぱい》で、すぐにでもへたり込んでしまいそうなのだけれど。お腹も空《す》いたし早く横にもなりたい。

空は一気に赤く染まり出している。この様子だとあといくらもしないうちにあたりは暗くなってしまうだろう。

「休んでいたいけど、暗くなる前に薪《たきぎ》だけは探しておこうか」

苦笑しながら、リルに声をかける。

ワン、と元気のいい声が返ってきた。

「あと一息、頑張りますか」

イアンは森の中を歩きながら、木の枝を拾ったり、焚きつけになるような枯れ葉を探したりしていた。

その最中、イアンの好きなベリーの木を見つけ、つい夢中で採っていた。

ベリーを探しにさらに奥へと向かったときだ。イアンはふと、なにか異様な気配を感じた。

おそらくリルも異変を感じたのだろう。緊張した様子で、どこかへ駆けていく。

「リル⁉」

イアンは呼びかけながら、リルを追った。

森の静寂を切り裂くように、イアンは地面の小枝を折りながら小走りにリルについていく。そうして木々の合間に目を凝らすと、そこには地面に倒れ込んだ身なりのいい青年が横たわっていた。

彼の衣服は上質なもので、明らかに貴族のものだったが、イアンが息を呑《の》んだのはその姿だった。闇を閉じ込めたような漆黒の長髪が印象的で、非常に整った造作の顔立ちのとても美しい人だ。

ただ――彼は他の人とは異なる特徴――犬のような耳を持っていて、また背後には豊かな黒い尾が垂れているという――があった。そして、口元には鋭い牙《きば》のようなものがちらりと覗いている。まるで魔物のような見た目の彼だが、気を失って倒れている姿は弱々しく、今にも息絶えそうに見えた。

「獣人……？」

イアンは思わず息を呑んだ。

（獣人……って、この世界にいたんだ）

この世界には確かに魔法もあるし、魔獣もいる。

だが、獣人の存在というのは見たこともなければ聞いたこともなかった。

かつて、イアンが恵世だったときに読んだことのあるライトノベルでは、こういう異世界ものの物語には大抵の場合獣人のキャラクターがいたのだが、転生してからのこの世界では獣人の存在を確認したことがなかったため、イアンはなんとなく戸惑ってしまう。

しかし、目の前の青年はただの獣人とは異なる雰囲気をまとっていた。魔物のような姿にもかかわらず、どこか高貴なオーラが漂っている。

「一体、何者なんだ……？」

イアンは迷いが心の中に浮かび、瞬間的に身を引く。

そうしたのは彼の見た目に驚いたからではなく、彼の身につけているものに心が怯《ひる》んだからだ。

というのも、彼の手には帝国の意匠が施された立派な剣が握られていた。

このような剣を持つということはやはりそれなりの地位を持っている人物ということになる。

衣服から貴族かと推測はしたものの、これで彼が貴族であり、明らかにただの魔物ではないという証拠でもあるだろう。

けれど、同時にこの男性の姿はイアンにとってどこか懐かしさを呼び起こしてもいた。

「ノクスみたいだ……」

イアンの頭にかつての記憶が蘇《よみがえ》る。

昔――大事にしていた愛犬のノクス。その黒い耳と長い尾が、目の前の彼と重なった。

クウン、というリルの声でイアンはハッと我に返る。

リルは横たわっている青年の傍をうろうろとうろつき回っていた。

「……リル？」

危険な相手に対しては警戒心を示すはずのリルが、なにも反応しないどころか、彼に対して興味を抱いているように見える。

「大丈夫なのか、リル？」

リルはイアンの顔を見ると、彼の意志を肯定するかのように小さく声を上げた。

「……リルが大丈夫だって言ってるんだ。よし、信じてみよう」

イアンは倒れた青年に近づき、膝をついた。

そしてそっと手を伸ばし、青年の肩を軽く揺すった。その瞬間、リルが駆け寄ってきて、倒れている青年の顔をぺろりと舐めた。イアンは少し驚いた。リルは危険を察知する力があるはずだ。彼がこの青年にまったく警戒しないということは――この青年は悪意を持っていない、ということだ。

リルが警戒しないなら、この男が敵対する存在ではないということだろう。

「あの……」

声をかけたが、反応はない。

さらに彼の顔を覗き込んだ。呼吸は浅く、体力が尽きかけているようだった。イアンは迷うことなく、持っていた水筒を取り出し、少量の水を彼の口元に運んだ。ゆっくりと口に含ませると、わずかに彼の唇が動き、また喉も動いた。飲んだのだ。

水を飲み込むことができるなら、回復の希望もある。

「でもこのままじゃ……助けなくちゃ……」

イアンはリルに青年を見ているように命じると、もともと野営をしようと薪などを運んでいた場所に向かい、置いていた荷物を引き上げた。

そうしてすぐさま青年の倒れているところまで戻る。

見ると、リルが青年の身体に寄り添っている。おそらく青年の身体が冷えないように温めていたのだろう。

「ありがとうね、リル」

声をかけるとリルは満足そうに尻尾を振った。

「こっちは岩が多くて身体も痛いだろうから……こっちの草むらがいいかな」

柔らかな草の上にさらに枯れ葉や毛布を敷き、即席の寝床を作って彼を慎重に運び込み、そうして身体の傷を調べる。

深い傷だけでなく浅い傷も数多くつけられており、また打撲によるような痣《あざ》も身体中にある。いったいなにと戦ったら、こんなにひどい怪我を負うのだろう。

残念ながらアドリントン家を出るときに持っていたポーションはリルに使ってしまい、ポーションで回復させるというわけにはいかなかった。

傷の手当てをしようと彼の衣服を脱がせると、イアンは思わず目を大きく見開いた。

「これ……は……」

彼の身体中に、おどろおどろしい文様が彫り込まれている。タトゥーというにはあまりに禍々《まがまが》しいそれはイアンの手を止めるのには十分だった。

しかし、リルが「しっかりして」というようにイアンの服をくわえて引く。

「あ、ああ……リル、ありがとう。そうだよね、手当てをしなくちゃ」

イアンは両手でパチンと自分の頬を叩くとマジックバッグから薬草を取り出し、彼の傷に貼《は》りつけていった。

「薬草……こまめに採取しておいてよかった」

少し回り道をしてでも、薬草を集めておいてよかった、とイアンは思う。もしこれがなかったら、彼を見捨てるようなことになっていたかもしれない。

ただ、応急処置を施したものの、彼の体力が保《も》つかどうかが心配だった。

イアンは急いで火を熾し、彼が身につけていたマントと自分のマントを着せかけた。

また、別の薬草を器の中ですり潰し、沸かした湯を少しと蜂蜜《はちみつ》を加えた即席の飲み薬をこしらえた。それを青年の口元に運び、どうにか飲み込ませる。この薬草は痛みを穏やかにさせる作用があるはずだ。そして熱冷ましの効果もある。蜂蜜を加えたのは飲みやすくするためと、滋養と殺菌の効果を期待したものである。

「これで少しは良くなるといいんだけど……」

イアンは火の番をしながら、時折彼の様子を見ていたが、痛みや熱もあったのだろう。苦しげに顔を歪《ゆが》めたり、随分と呻《うめ》いたりもしていた。

明け方近くなり、眠気に勝てなくてイアンはうとうととしてしまっていた。ガクン、と頭が落ちたところでハッと目が覚める。

（うわ、眠ってた……！）

そういえば彼はどうなったのか、とイアンは横になっている青年のほうへ顔を振り向けた。

するとちょうど彼が目を覚ますところだった。

彼はイアンを見て、驚いたように一瞬ハッと目を大きく見開いた。怖がらせたか、とイアンは「なにもしないよ」とやさしく声をかける。すると彼は安心したようにイアンを見つめた。

その瞳は美しい深紅で、惹《ひ》きつけられるようにイアンも彼を見つめる。

倒れていたのを助けたときから思っていたが、同性の自分でも見惚《みと》れるくらい、彼はとても美しかった。

気を取られたようにぼんやりしていると、彼が弱々しくかすれた声で問いかける。

「きみが……助けてくれたのか……？」

その声にイアンはハッとして我に返る。そして改めて彼のほうを見た。

まだ元気とは言いがたいが、それでも生きるか死ぬかの瀬戸際のように見えていた昨日よりはずっと良くなっているようだ。

その様子にイアンはホッと胸を撫で下ろした。

「うん。……具合はどう？」

「……痛みはまだあるが……そこまでひどいわけじゃない」

「そう。それはよかった」

イアンはにっこりと笑った。その顔を見た彼は驚いたように何度も瞬きをする。

「……きみは私が怖くないのか？　私のこの姿を見ても……魔物だとは思わないのか？」

訝《いぶか》しいとばかりの表情を作って彼はイアンに問いかける。

確かにイアンではなく、他の者であればこの異形の姿を恐れたのかもしれない。しかしイアンにとっては彼の姿などほんの些細なことだ。

なにしろもともと魔法や魔獣などが存在しない世界で暮らしていたのだから。

この世界に転生して——まず転生自体に驚いたし、ましてや魔法が使え、また森には魔獣が棲む世界だというのを知って驚いたどころの話ではなかった。

そんなことを受け入れながら今まで生きてきたのだ。目の前に獣人がいたところでいまさら動じるわけもなかった。

だからイアンは首を横に振った。

「怖くなんかないよ。それにあなたを助けなくちゃと思っただけ。目の前で傷だらけの人が倒れていたら助けないわけにはいかないだろう？　それだけだよ」

青年はイアンの言葉に返す言葉もなかったのか、目を丸くしていたが、すぐに穏やかな表情に変わる。

「……きみは変わっているな」

「そうかな？　それはそうと、まだ無理は禁物だからね。すぐに朝ご飯の支度をするからそれができるまでもう一眠りしていて。たくさん眠ればその分早く治るから」

イアンはそう言って立ち上がった。彼に食事を与えるのもそうだが、イアン自身も腹が減っていた。ゆうべは彼の看病に忙しく、結局摘《つ》んだベリーを少しつまみ食いした程度だったのだ。

無事を確認できて、一気に空腹が押し寄せる。お腹が空いたなと思うのと同時に、小さな頃のことをイアンはふと思い出した。

（そういえば、昔……お腹を空かせた子犬を助けたことがあったっけ）

小さな頃、びしょ濡れでお腹を空かせ、小さな身体を震わせていた子犬のことが見ていられなくて、世話をしたことがあったのを思い出した。

（あのときの子犬も黒かったっけ。僕はよっぽど黒い耳と尻尾に縁があるみたいだ）

「……ありがとう」

彼はそう言うと、もう一度目を瞑り、眠りについた。


その後、再び目覚めたとき彼は自らを「テオ」と名乗った。

「助けてくれてありがとう。礼を言う」

「お礼なんかいいよ。お互い様なんだし」

「そういえば、名前を聞いていなかったが、聞いてもいいだろうか」

「もちろん。イアンって呼んで。さ、スープができたから飲んで」

そう言いながらイアンは起き上がった彼にスープの入った器を手渡した。

彼の回復力は、目を瞠《みは》るもので、傷こそ癒えてはいなかったがすっかり身体を起こすこともでき、また食欲もあるようで、ゆっくりではあったがスープをすべて飲み干していた。

「美味《うま》かった」

「それはよかった。食べたら回復も早いからね、いっぱい食べて」

「いや……しかし貴重な食料を使わせてしまうのではないか」

申し訳なさそうに言うテオにイアンはにっこりと笑う。

「大丈夫だよ。これでもマジックバッグに食料はたっぷり入っているんだから。おかわりはどう？」

「では……遠慮なく」

テオは器を差し出し、イアンはその器にスープのおかわりをよそった。

「——きみは……私のことを聞かないのか」

イアンが器を手渡そうとしたとき、テオは不思議そうな顔をしながらそう言った。

「聞いてもいいなら、聞きたいけど……でもあなたが話したくないなら、無理に話さなくていいよ。誰にだって聞かれたくないことがあるでしょう？」

その返事にテオは面食らったような顔をした。どうやらイアンの言葉は彼にはかなり意外なものだったようだ。

正直なところ、イアンだって彼に聞きたいことはたくさんあった。

けれど無理やり聞きだそうとは思わなかった。

というのも彼が目覚めたとき、彼の目には、魔獣ではなく人間を警戒するかのような鋭さが一瞬だけ宿っていたように思えたからだ。

そんな彼にあれこれ尋ねたところで、まともに答えが返ることはないだろう。それどころか、かえって彼の心は閉ざされてしまう可能性がある。だからイアンはなにも聞かないことにした。

「イアンはすごいな」

なにも詮索《せんさく》しようとしなかったのがよかったのか、テオはどうやらイアンに少し心を開いたようだった。

「そう？」

「ああ。私のこの姿を見ても逃げ出さなければ、問い詰めようともしない……」

「そんなことをしてどうするの。意味がないもの」

「興味がないということか？」

「興味がないわけじゃないけど……聞いてもいいなら聞きたいとは思っている。でも無理強いしても仕方ないじゃない？　だって、尋ねても答えてくれないかもしれないし。だったらあなたが話したくなったときでいいかな、って」

その返事にテオはぽかんとした顔をし、そして次の瞬間大きな笑い声を上げた。

「いや、笑ってしまってすまない。私の周りにはきみのような人間がいなかったから……そうか、そういう考え方を持つ者もいるのだな。――じゃあ、きみ流に言うなら、話したくなったから……それに助けてもらった恩人に事情を話さないというのは、礼儀に反するだろう」

そんなふうに言って、テオはイアンに対する警戒心を完全に解いたのか、とてもやさしく微笑んだ。

その微笑みの奥の瞳はどこかイアンを懐かしむように見つめていて、なぜこんな目をするんだろうとイアンはどきりとする。

（会ったこと……ないよね）

どこかで会っただろうかと一瞬思ったが、そんな記憶はなかった。

もしそうだったとしてもテオのようなきれいな青年がいれば絶対に忘れることはないはずだ。

「――きみは驚かなかったが、私のこの姿を見るなり攻撃をしてくる者も多いのでね」

テオはそう言い置いて、口を開いた。

「私は先祖返りでね。獣人の血を引いている」

彼の話によると、かつては獣人も一定数いたのだという。帝国では彼らの祖先は獣人であるとも言われているらしい。その獣人らは人間と交流を進めるうちに交雑を繰り返し、今では純粋な獣人はほとんど存在しないとされている。

ただ、先祖返りする者も中にはいて、テオはその一人だという。

とはいえ、本来は耳も尻尾も抑え込めるだけの力があり、普段はこのような姿にはならないのだという。

ではなぜ、このような姿になったのかというと、数年前にかけられた強力な呪《のろ》いのためだということだった。

「呪い……？」

イアンは問いかけるように視線を投げた。

するとテオはそっと服の袖をまくって、イアンに腕を見せる。

「きみは見たのだろう？　この呪印《じゅいん》が身体中にあるのを」

禍々しい刻印は明るい日の光の中でも、なお一層異様さを放っていた。

「この呪印に縛りつけられているせいで、常に魔力も体力も奪い取られて……姿を制御することもできない上、今は魔法も一切使うことができなくなっている」

魔獣討伐のためにこの森を訪れ、魔獣との戦いで体力を落としていたところをさらに何者かに襲撃され、交戦の末に力を使い果たして倒れたとのことだった。

「相手は手練《てだ》れで、私もただでさえ体力がかなり落ちていたから、向こうの刃《やいば》をまともに食らってしまった。私も相手に傷を負わせて振り切ってきたが……限界だったのだろうな。傷がもっと深かかったら……それか、きみが私を見つけてくれなければそこでおしまいだった」

助かったのは奇跡だ、とテオは傷口に巻かれた包帯を見ながらそう呟いた。

「呪いを解く方法はないんですか」

イアンは前のめりになりながらテオに聞いた。

ゆうべ、ボロボロになっていた彼の姿を思い出しながら、イアンは胸を痛める。あのまま放っておいたら……と思うと心臓が凍りつきそうになる。

「ああ。いまだにこの呪いを解く方法が見つかっていなくて……おかげでこの有様なのだ。魔法であれば、すぐにでもなんとかなったのだろうが」

テオは苦い顔をしながら、呪印へ忌々しそうに目を落とす。

魔法ではなく呪いというのは……と、イアンは話を聞きながらテオに同情した。なるほど、だから警戒心が強かったわけだ。

(呪いをかけたのは人間だろうから、人間を警戒してもおかしくはないよね……)

体力を常に奪っているという――ゲームでいうなら『デバフ』のような状態ということだろうか――そんな状態にさせるなど、ゾッとする話だ。

もし魔法なら、強い魔法で上書きすることもできるのだろうが、呪いは術者や呪法が判明しなければ、解除することもできない。

「改めて感謝する。これでも一応はそれなりの身分でね」

テオは少し戸惑ったような素振りを見せた後、やがて重い口を開いた。

「それは……気づいていました。……その、帝国の方なのかなと」

イアンの言葉にテオは小さく頷いた。

「私自身こんな命は惜しくないのだが……これでも、訳ありでね、私が死ぬと都合が悪くなることがあるのだ。襲ったのも、私の命をつけ狙っている連中だろう」

その口ぶりにイアンは改めて彼を見る。

彼の身なりから貴族であるのは間違いないとは思っていたが、考えていたよりもよほど高位の貴族なのかもしれない。命を落として都合が悪くなるなど、それこそ自分の家のような男爵家や子爵家ではそうそうないことだからだ。

「暗殺者、ってこと……？」

「そういうことになるな。私をよく思わない者が、呪いをかけたり、暗殺者を放ったりしてくるというわけだ」

テオは、ふふ、と自虐的な笑みを浮かべる。

「そんな……どうして」

「私に帝位を承継させたくないのだろう」

突然彼の口から飛び出した言葉にイアンは目を丸くした。

帝位を承継、ということはすなわち――。

「帝位って……じゃあ、あなたは……」

イアンの考えていることがわかったのだろう、テオは言葉を続けた。

「こんななりをしていても帝位を継ぐ権利を持っているということさ」

苦々しげに小さく息をつきながら彼は言った。

そういえば、帝国の皇太子の名前はテオドルス――確かに愛称はテオだ。

ということは、今自分の目の前にいるのは本物の皇太子なのか。信じられない思いで、何度も瞬きをしながら彼を見た。

「イアンは――帝国の成り立ちを知らない？」

唐突にそう聞かれる。

「成り立ち？」

イアンは首を傾げながら聞き返した。

これまで自分はアドリントン領の中でしか暮らしていなかったから、他国のことまでにはさして思い至っていなかった。自領で畑仕事をしているのが楽しかった、ということもある。もともと転生前から理系オタクだったから、専門の分野は詳しいが他のことについて――例えば社会情勢など――はまったく門外漢なところがあったのだ。そのため、いくら帝国が隣国とはいえ、最低限のことは知っていてもそれ以上はほとんど興味がなかったこともあって、よく知らなかった。

だから、帝国の成り立ち、と言われても、ポカンとするしかなかったのである。

おそらく、帝国については近隣の国民でもよく知ることなのだろう。そういえば、貴族学院でも帝国についての授業があった記憶がある。ただその期間は農繁期で、イアンは休んでいたのだけれど。

そんなイアンを見ながらテオは小さく微笑んだ。

「イアンは帝国民ではないのだ。知らなくてもおかしくない」

「ごめん……教えてくれるとうれしい」

「たいしたことではないよ。帝国の……皇帝の始祖はフェンリルだったといわれているだけだ。フェンリルが女神と結ばれ、その子孫が国を築いたとね。だから、帝国ではフェンリルがもっとも尊ばれているんだ」

「ああ！　そんな話を聞いたことがある。詳しくは知らないけど、帝国には聖獣の加護があるって」

「まあ……それは間違いではないが、正しくもないな」

「そうなの？」

「順を追って話そう。それより、きみのリルはフェンリルなのだろう？　帝国では聖獣としてなにより大事にされる魔獣だ」

そうなんだ、と思いながらイアンはリルへ視線をやる。リルはどことなく得意げだ。

「そのフェンリルの血を受け継いでいるのが、代々の皇帝で……現在の皇帝もその影響で魔力は強いのだが、私は父上よりその血が強いらしく、こうして先祖返りしている。この呪印がなければ、完全にフェンリルになれる。……今は無理だが」

そんな彼を見つめながら、イアンの中に、なぜ皇太子がこんな森の中に、という疑問がふと湧いて出る。

（ここは帝国の近くとはいえ……ほとんど人が行き来しない森だ。そんな森の中で暗殺されかけたって……）

すると、テオはイアンの気持ちを汲んだように口を開いた。

「――私は望むと望まざるとにかかわらず、皇太子という立場に生まれ落ちているのだが、どうやらそれが面白くない者がいて、こうして厄介な目にあっているというわけだ。この能力のせいで宮廷から追い出しただけでなく、挙げ句に隙あらば命を狙ってくる。私は帝位など興味がないというのに」

語りながら彼は黒い耳を垂らして視線を落としていた。

テオが言うには、帝位を継ぐには魔力が強くなければならないのだそうだ。

魔力が強いというのは始祖であるフェンリルの血が色濃く打ち出ていることとされるらしい。

よって、フェンリルに変化できる者が皇帝となれるのだという。

「じゃあ、テオは次期皇帝ということ？」

「そういうことになる。だが、そのためにこんなふうに命を狙われることになったのだが」

テオは前の皇后の一人息子であり、また先祖返りでフェンリルそのものになれることから、一も二もなく承継第一位ということだった。

しかし、前皇后は病弱であり、十年前に逝去していた。その後、皇后におさまったのが当時側室だったアレッサンドラ妃である。彼女と皇帝の間にも一男一女がおり、彼女は、彼女自身の子でありテオにしてみれば異母弟であるジュリアーノを即位させたいらしい。

ジュリアーノもやはり皇帝の血を引く者。魔力も十分に高く、帝位を継いでもおかしくはない。しかし、やはり始祖と同じフェンリルに変化できるテオが皇帝としてふさわしいとされることから、ジュリアーノが帝位を継ぐのは難しいらしい。

そこで邪魔になるのがテオというわけだった。

要するに、呪いをかけ、彼を宮廷から追い出し辺境の地に追いやり、さらには命を狙うようにしたのもこの皇后ということだ。

彼女は贅沢《ぜいたく》を好み、今のままではまだ不服らしく、もっと金を自由にしたいがために、ジュリアーノの即位を望んでいるらしい。テオが皇帝の座についてしまえば、現在よりも立場は弱くなってしまい、自らを着飾ることができなくなると、ただそれだけの理由でテオの命を狙っているのだということだった。

イアンはその告白に驚いた。まさか皇后が彼の命を狙っているとは思わなかった。

「そんな……」

言葉をなくしているイアンにテオは苦笑いを浮かべる。

「私がいつまでも死なないから、あの方は焦っているのだろう。今度こそ私を仕留めたと思ったのだろうが、こうしてきみに助けられた」

テオの自嘲《じちょう》気味な口調のその言葉には、深い悲しみが込められていたように感じられ、ぎゅっと胸を締めつけられるような思いになる。

「驚かせてすまない。まさか皇太子がこのような姿とは思わなかっただろう？」

それを聞いてイアンは首を横に振った。

彼の言葉を信用していないわけではなく、驚いたのも、そう――芸能人が目の前にいるような、そんな気持ちからだった。自分とはまるで縁のなかった、雲の上の人が存在していて、こうして言葉を交わしたり世話を焼いていたりしたことに驚いただけで、彼が皇太子であることを疑っているわけではない。

むしろ気持ちが落ち着くと、その事実をすんなりと受け入れられる。

「確かに……驚いたけど……でも、姿なんか関係なく、あなたが皇太子様というのはすごく納得がいくよ」

　イアンの答えが意外だったのか、テオは大きく目を見開いた。

「それはなぜ？」

「だって、耳や尻尾があったって、言葉遣いや立ち振る舞いが気品に溢《あふ》れているし、それにやっぱり僕らのような者とは違う雰囲気だもの。そうか、ってここんとこにストンと落ちたっていうか……」

　イアンは胸のあたりを手のひらで押さえながらそう言った。

「信じてくれてありがとう。きみに助けられて、私は運がよかった」

　彼は心から安堵したようにイアンに礼を言った。

　イアンはただ静かに頷き、それ以上追及しなかった。彼がどんな事情を抱えていようと、今は彼を回復させることが優先だと思ったからだ。

　そして——ただ、この夜が、彼にとって少しでも安らぎの時間となることを願うだけだった。

「それなら、なおさらあなたは今休むべきだよ。暗殺者のことは後で考えればいい。ここなら幸い深い茂みが目隠しになってくれるし、不穏な気配はリルがいち早く感じ取ってくれる。逃げる時間くらい稼げるだろうし。それより早く力を取り戻さないと」

ようやく起き上がれた程度の体力では、逃げるのもままならない。少なくともこの森を出られるようになるくらい回復しなければ。

「しかし、それではきみに迷惑が……」

「気にしないで。ここであなたと出会ったのもなにかの縁なんだし。遠慮しなくていいよ。僕も誰かと話がしたかったしね。——さ、スープを飲んだら横になって。あとで傷に貼っている薬草は取り替えるから」

テオはイアンの言葉に黙って頷いた。

テオがイアンの手助けなく起き上がれるようになったのは数日後だった。

その日の朝もイアンが焚き火に薪をくべていると、テオが静かに目を覚ました。

彼はゆっくりと身体を起こし、薄明かりの中でイアンの背中を見つめた。焚き火の火が赤々と燃え、リルがその隣でくつろいでいる。

「おはよう、テオ。もう起きて大丈夫？」

「ああ、だいぶよくなったよ」

「よかった。これから朝ご飯を作るけど、食べられそう?」

イアンが振り返り、微笑みながら声をかけた。

「きみの介抱のおかげで、食欲も出てきたみたいだ」

「それなら安心だね。食べたら、回復も早くなるよ」

テオは柔らかく微笑んだ。その笑顔には感謝の気持ちが込められているようだった。

彼の言うとおり、まだ完全に復調したわけではなかったが、食事の量が増え、身の回りのことは一通りできるようになるまでには回復したらしい。

顔を洗い、身ぎれいにした彼はすっきりとした表情をしていた。

イアンの用意した朝食を食べながら、彼は周囲を見回し、森の静かな朝の風景に目を細める。

「静かで心地いいな。まるで、ここだけ時間が止まっているようだ」

「そうだね」

イアンも目を細めて空を見上げた。朝の光が木々の隙間から差し込み、薄い霧が幻想的に漂っている。森の中にいると、穏やかな気持ちになれた。

「……きみには感謝している。普通の人間なら、私を恐れて見捨てただろうに」

テオはそんなふうに焚き火のそばでポツリと呟いた。

「僕も、あなたに助けられたんだよ」

イアンは微笑んで答えた。

「え……？」

なぜだ、という顔をしてテオは聞き返した。

「あなたの世話をしていると、少しだけ色んなことが忘れられたんだ」

イアンは苦く笑いながらそう言った。

実はイアンの中で、アドリントンの家を出たことも、そのきっかけになったアンナとの婚約破棄のこともまだなんとなく心の中で燻《くすぶ》っていた。

もちろん自分の中では納得しているし、自分の選択も間違っているとは思っていない。これが最善だと思ったから、こうしてミリシュ村へ向かっている。

だが、同時に家を守る方法は他にはなかったのか、と考えてしまうのだ。

もともと転生前から家族の縁は薄かった。だから、アドリントンで両親や兄たちと過ごせたのはなにより楽しく幸せだった。

一人でも平気だから、と家を出てきてしまったが、本当の気持ちを言えば寂しくないわけがなかった。

途中でリルに出会わなかったら、もしかしたらこの森を抜けられずにくじけていたかもしれない。

きっとそんな気持ちが滲み出ていたのだろう。テオは心配そうな目をし、黙ってイアンを見つめていた。

「そんな顔をして……きみはなにかあったのか……？　——いや、余計なことを聞いた。すまない」

彼はイアンに事情を聞きかけて、そしてそれを取りやめた。きっと彼はイアンが詮索しなかったのに、自分が探るような真似をするのは気が引けたのだろう。

そんなテオがなんだか可愛らしく見えて、イアンはクスと笑った。

「いいんだよ。僕のことは本当にたいしたことじゃないんだから、聞いてくれても」

「そうなのか？」

「うん」

「それじゃあ、聞かせてくれないか。きみ流に言うなら、出会ったのは縁なのだろう？　きみが私に話して気持ちが楽になるなら、ここで話してみないか。私もきみにたくさん話を聞いてもらったのだし……私はきみの話を聞いてみたい」

彼の瞳には深い感謝とともに、なにか特別な思いが宿っているようだったが、それは多分自分たちがどこか似ていると感じたからだ。

きっと自分も彼も心にどこか傷ついているけれど、それを見て見ない振りをしている。わざと鈍感になろうとしているところが同じな気がした。

だからなのか、いつの間にかイアンはこれまでのことをテオにすんなりと話してしまっていた。

「――辛《つら》かったのだな。……家族のためになれなかったのが辛かったのだろう？」

テオはイアンの顔を切なそうな表情で見つめていた。イアンはその様子を見て、少しだけ驚く。まさか、自分の話に寄り添ってくれるとは思わなかったからだ。

「あ……」

胸の中で燻っていたなにかの正体は辛さだったのか、とやっと腑《ふ》に落ちた。寂しさはあったものの、それが辛いとは思わないようにしていた。平気だと思い込むようにしていたのだ。

「……そっか、僕は辛かったんだ」

イアンがぽつりとこぼすように言うと、テオはイアンの手にそっと彼の手を触れさせる。

「きっと、仲のよい家族なのだろうな。イアンの家は」

「そうだね。他愛《たわい》ない喧嘩《けんか》もするけれど、みんなお互いを思いやっている……いい家族だよ。だからわかるんだ。両親も兄も僕に独り立ちしてほしいと口にするのは、ひどく勇気がいっただろうなって」

「だが、イアンは兄上が切り出す前に自ら家を出ると告げたのだろう？　きみが家族のことをとても愛していなければできないことだ。きみの家族はそれぞれがそれぞれに思いやりを持っている。私にはきみのように仲のいい家族はいないから……少し羨《うらや》ましい。きみの話を聞いていると、家族というものがいいもののように思えてくる」

テオの口調は少し寂しげだった。

彼は皇太子だ。イアンは彼がどういう環境で育ってきたのか、知るはずもない。しかし、居場所であったはずの宮廷を追いやられ、常に命を狙われるようになるなど、そんな凄絶《せいぜつ》な環境下に置かれていた彼のことを思うと胸が痛んだ。

イアンは恵世のときでも家族の縁が薄かったとはいえ、両親や祖父が生きていたときにはきちんと大事にしてもらえていた記憶があるし、また転生したアドリントンの家でも粗末にされることはなかった。

「テオ……」

彼にどんな言葉をかけていいのか、イアンにはわからなかった。

すると彼は少し微笑む。

「イアンのようないいやつとの婚約を破棄するなんて、相手の家は見る目がなかったのだな。きっときみなら奥方も大事にするだろうし、身を粉にして働くだろう。婚約者殿もきっと惜しいと後悔するに違いない」

「そうかな。でも、うちに甲斐性《かいしょう》がなかったのは本当だし、相手の家もやっぱり一人娘には苦労させたくなかったんだと思うから、仕方ないことだったんだよ」

「きみはまだ婚約者殿のことを好きなのか？」

突然そう聞かれて、イアンは「ううん」とすぐさま否定した。

「彼女とはお互い家族みたいに育ってきたからね、妹のようなものだったし……好きとか嫌いとか、そういう感情はなかったな。いるのが当たり前だったしね。だから、婚約を破棄されても、実はそれほど胸は痛まなかったんだよ」

「そうなのか……それならいいが」

「……ありがとう。僕のことを気遣ってくれて。こうしてあなたと出会うことができてよかった」

「私もだ」

テオは再びイアンに視線を向け、やさしく微笑んだ。イアンも微笑んで小さく頷く。

「――そうだ、今日は少し歩いてみようか。身体のほうもずいぶん良くなったみたいだし、少しずつ身体を慣らしていかないとね。っていっても、無理しない程度に」

「ああ、そうだな」

テオの返事とともに、「話は終わったの？」という顔をしてリルがすり寄ってきた。

「あはは、リルも一緒に散歩しようか。あっちにキノコがたくさんあったみたいだから、食べられそうなものだったら、ついでに採ってこようか」

イアンとリル、そしてテオの三人は、森の中をゆっくりと散策することにした。リルは嬉しそうに先を駆け回り、地面をくんくんと嗅ぎながら、まるで冒険しているかのように楽しんでいる。その様子を見たテオは微笑みを浮かべた。

「リルは元気だな」

「そうだね。あなたが来てから、リルも僕も楽しくて元気をもらっているよ」

イアンの言葉に、テオは少し驚いた表情を見せた。

「私が……元気を？」

「そうだよ。あなたと話をして、僕も孤独じゃないんだな、って……自分の抱えていた寂しさも消化できたような気持ちになれたし。だから……その、あなたがどんな呪いを抱えていても、今は一緒にいることで、あなたも少しだけ楽になれたらいいなって」

テオはしばらくの間、言葉を失っていた。その瞳は、どこか遠くを見つめているようだった。彼はやがてゆっくりと口を開いた。

「私は、こんな姿になってから、人を避けてきた。誰も私を理解しようとはしなかったし、私も心の底から彼らを信じることができなかった。でも、きみとリルは違った。イアン、きみははなから私を怖がることがなかった。そんな人ははじめてだったから……不思議な気分だよ」

「あなたのことを恐れないのは、僕が深く物を考えないたちだからかもしれないよね。単純なんだ」と、イアンは笑って答えた。

「いや……それは、きみの強さだ」

テオは静かに言った。その言葉には、深い思慮と感謝が込められていた。彼はイアンに背を向けて歩きながら、少しずつ言葉を続ける。

「この見た目で人は私を恐れ嫌悪して、昔から私の傍にいた者でさえ……従者を含めて……私を避け、離れていった。味方だと思っていた者の中にも裏切る者が現れて疑心暗鬼になっていたんだ」

「あなたは……本当に辛い戦いをしてきたんだね」

イアンの声は静かだった。その言葉には、ただの同情ではなく、理解と共感が込められていた。テオは驚いたように彼を見つめ、やがて小さく微笑んだ。

「やはりきみは変わってるな。この見た目だけでなく、私が皇太子と知ってもなにも変わらず接してくれる」

「う……ん、確かにあなたは僕にとっては本当に雲の上の人なんだけど、今はこうして隣にいるし……。なんていうのかな、こう言ったら失礼なんだろうけれど、昔からの友達みたいで。それにあなたを見ていると、僕の大事な友達を思い出すんだ」

「友達？」

「うん。あなたの尻尾や耳が、僕の大事にしていた愛犬にとってもよく似ているんだよね。僕の親友でノクス、っていうんだけど」

それを聞いて、テオは一瞬驚き、そして笑った。その笑顔は、はじめて見せた無防備なものだった。

「……愛犬？」

「あっ、ごめんなさい。そういうわけじゃないんだ。すごく大切な友達だよ、ってことを言いたくて。でも失礼だったよね」

ごめんなさい、とイアンは必死で謝った。

自分にとってノクスは大切な……大切な存在だった。かけがえのない、親友。そのノクスのような存在だとテオに伝えたかったのだが、彼にしてみれば犬と同列にされたと怒っても仕方ない。しかも彼は皇太子である。この場で斬《き》って捨てられてもおかしくないほど無礼を働いたことになる。極めて失言だった。

どうしよう、と思っているとテオはイアンを見ながらクスクスと笑う。

「そんな顔をするな。別に私は腹を立てているわけではないよ。きみがリルを大事にしているのを私は知っている。そのリルと同じくらいか、それ以上にきみはそのノクスという犬を大事にしていたのだろう？　私も同じように大事に思ってくれると思うとむしろうれしくなったのだ」

笑いながらそう言って、それからテオは目を閉じて深く息を吸い込んだ。

「心の中にあった嫌ななにかが、少しずつ溶けていくような感覚がするよ、イアン。こんなに心が軽くなったのは久しぶりのことだ」

そんなふうにテオはふわりとやさしい微笑みを浮かべる。

「それならよかった……。なんか、つい黒犬を見ちゃうと、すぐノクスだと思って世話を焼きたくなっちゃうんだよね」

「そうか。じゃあ、私にも世話を焼いてくれるのか」

「もちろんだよ。ノクスよりももっと丁寧に世話を焼くからね」

クスクスと笑い合う。

二人の間には次第に友情のような――いや、もっと違うなにか別の感情が芽生えていた。

簡単に友情と言い切れない、複雑な感情。

イアンは目の前のどうしようもない運命を背負った、孤独なこの人のことを特別な思いで見つめていた。


数日留まっていても、魔獣が襲ってこなかったのは、リルのおかげかもしれない。不思議なほどなにもなくのんびりとしながら、二人と一匹は森での暮らしを楽しんでいた。

テオも回復し、そろそろ拠点を変えたほうが、と思っていたその日。

日が落ちて、いつものように再び焚き火を囲んで座っていた。イアンが用意した簡単な食事を分け合いながら、穏やかな時間が流れていく。

パチパチという木が爆ぜる音を聞き、火の粉が夜空に舞うのを見ながら、熱々のスープを飲む。

「イアンは本当に料理が上手いな」

テオはそう褒める。確かに料理は嫌いではないし、かつては忙しかった祖父の代わりに食事の支度をしていたり、それに祖父が亡くなってからも長く一人暮らしで自炊をしていたから、あり合わせのもので料理するのは苦ではなかった。

その経験が今に生かされているのかと思うと、経験というのはやはり財産だなと思う。

今夜はたくさんキノコが採れたのと、小麦粉があったので、ペリメニという料理を真似したものを作った。ペリメニというのは、要は水餃子《すいギョーザ》のようなものだ。小麦粉で皮を作り、玉ねぎとキノコをたくさん刻んだ餡《あん》をその皮で包んで茹《ゆ》でたもの。そこにベリーのジャムをつけて食べるとなかなか美味しい。

それと、キノコのスープを作ったのだ。

幸いキノコは食べられるもので（これはリルが鑑定してくれた）マッシュルームによく似たキノコや、朽ちた木にはキクラゲのようなキノコが生えていて、大量に採ることができたのだ。

「美味しいと思ってもらえるなら、作った甲斐があるよ。よかった」

「いや、本当に美味い。キノコがこんな料理になるとは思わなかった」

どうやら彼はペリメニもどきを気に入ったらしく、ぺろりと平らげてしまっていた。こんなに食べてくれるなら、もっと作ればよかったとイアンは後悔する。

「スープならおかわりがあるけれど、どう？」

鍋にはまだいくらかスープが残っている。イアンはすっかりお腹いっぱいになっているし、リルももう満腹のようだ。

「もらってもいいだろうか」

常に体力が削られ続けているというテオは食べる端からエネルギーがなくなっているらしく、食べても食べても追いつかない。それを知ってイアンは彼が存分に食べられるように、食事をたくさん作るようにしていた。

最後のおかわりをよそってテオに手渡す。

「こうしていると、まるで家族みたいだな」

スープを飲みながら、ふとテオが呟いた。イアンはその言葉に驚いたが、すぐに微笑んで頷いた。

「そうかもしれないね。僕たち、奇妙な家族だけど」

リルはイアンの足元で丸まり、満足げに目を閉じている。その姿を見たテオは、再び微笑みを浮かべた。

「きみたちと一緒にいると、心が穏やかになる。不思議なことだ……」

その瞬間、イアンの傍で丸くなっていたリルがハッと顔を上げたかと思うと、すぐさま起き上がって「ウウ……」と唸り声を上げた。

まるでなにかを警戒しているかのようなその様子にイアンも緊張感を漲《みなぎ》らせた。

「なに？　魔獣？」

リルはイアンとテオの前に出て二人を守るように威圧の動作を見せる。

すると、森の奥から足音が聞こえた。

（これは……魔獣じゃない。人間だ）

足音は一人のものではなかった。

人間、ということは、もしかしたらまたテオを暗殺しにきた者なのかもしれない。イアンは腰に提げていたナイフの柄をぎゅっと握った。

だが、耳を澄ませてよく聞くと、足音は人間だけのものでもなさそうだった。

馬が鼻を鳴らす音のようなものも聞こえてくる。

暗殺者であれば、馬など連れてくるはずもないから、これは……と思ったところ、目の前に帝国の紋章を掲げた従者たちが現れた。

「お探しいたしました」

恭しく、その中の一人が前に出てテオの前にひざまずく。

「ご無事でなによりです」

テオは立ち上がり、彼らを見やった後、イアンのほうへ顔を振り向けながら口を開いた。

「刺客に襲われたが、こちらのイアンに命を救ってもらったのだ。今もこうして私のために彼自身の旅食を割いて食事を振る舞ってもらっている」

イアンは「そんな大層なことじゃなくて……」と口を挟んだが、テオに制された。従者の一人がイアンにちらりと目線を寄越したが、なにも言わずにテオへと向き直る。

「さようでございましたか。……殿下をお守りできず申し訳ございません」

「よい。それより……おまえがやってきたということは、私は戻らねばならぬということだな」

聞こえるか聞こえないかくらいの、微かな溜息を落としながらテオはそう言った。

「無論でございます。テオ様がおいでにならなければ、帝国は皇后様の思いのままになってしまいます。……実は、皇帝陛下のご体調が芳しくなく……このことは周囲には伏せておりますが、明らかになるのは時間の問題かと」

それを聞いて、テオは目を大きく見開いた。

「陛下が……」

テオは言葉をなくして佇《たたず》んだままでいた。

皇帝陛下の体調が思わしくない、という事実はテオにショックを与えていたらしい。またこのまま復調しなければ、今のテオの状況ではこの従者の言うとおり、皇后の思惑のままになってしまうのは容易に想像できた。

テオが呪いを受けたままでは即位は難しいだろう。だがそうなれば、まだ年若い彼の異母弟が即位することとなり、皇后がその後見となって帝国を牛耳る……のは想像に易《やす》い。

しかし、皇后は大変な浪費家だ。今はまだ皇帝陛下が彼女を押さえつけていてそこまでの散財を許していないという。だが、そのストッパーがいなくなればどうなるか。

民に圧政を強い、重税を課して……そんなふうにさせたくはない、とテオはこの前訥々《とつとつ》と語っていた。

テオはイアンへ再び顔を振り向け、寂しげに微笑んだ。

「…………迎えが来たようだ」

残念そうな、少し悲しげな口調だった。

「……うん」

イアンは小さく返事をした。それ以上、なにも言えなかった。もうここでお別れなのだと改めて悟ったのである。

いつまでも一緒にいられるとはもちろん思うはずもなかった。彼は自分とは身分が違う。それに彼が動けるようになった今、自分の手助けはもう必要なかった。

テオも自分も生きていく道はまったく異なる。

この森での出会いはそんな自分たちの道が一瞬重なっただけの、それだけのことだ。それでも、イアンにとってはかけがえのない時間だった。

ただ、もう彼は自分の傍にいないのだと思うと、心に冷たく乾いた風が吹くような気がした。そのくらい、たった数日間の付き合いだったのに、彼の存在はイアンにとってとても大事なものとなっていた。

イアンは顔を上げて、テオの顔をじっと見つめた。彼のすべてを目に焼きつけるように。

「ありがとう、イアン。きみのおかげで、私は少しだけ楽になれた」

そんなイアンにテオは深く頭を下げた。

その姿を従者たちは驚いたように見つめ「テオ様！　そのような真似を……！」といささか窘《たしな》めるような口調で叫ぶように声を出す。

「彼は命の恩人だ。礼を尽くすのは当たり前のことであろう。私は恩知らずではありたくない」

テオが強く叱責《しっせき》すると、従者たちは口を噤《つぐ》んだ。

すぐさま彼らは旅支度を調えると、あっという間にテオを馬に乗せた。

「本当にきみのような友人に出会えてよかった」

「僕もだよ、テオ」

いよいよ彼の出立となり、寂しい気持ちを抱えながらイアンはただ微笑んで手を振る。

「そのうち改めて礼をしたい。きみはミリシュ村に行くと言っていたな」

「お礼なんていいよ。あなたが元気でいてくれさえすれば。僕もその呪いを解く方法を探してみるね」

「……ありがとう。きっとイアンならミリシュ村でもうまくやっていける」

「そうかな」

　イアンはなんとなくテオに自分の気持ちを見透かされたような気になっていた。彼と別れて、新しい場所で新しい生活を、知らない人たちに囲まれて本当にできるのか、と内心で少し弱気になっていたからだ。

「ああ。イアンはやさしくて思いやりがある。それに、私のような者に救いの手を差し伸べられる勇気もある……そんな人間はきみしかいない」

「褒めすぎだよ」

「本当のことだ――すまない。もう行かねばならないようだ。元気で、イアン」

「ありがとう、テオ……」

　イアンはそれ以上言葉を続けることができなくなった。込み上げてくる、涙を堪《こら》えるのに必死だったからだ。

　こんなにも人との別れが辛くて寂しいと思ったことはなかった。とてもわずかな時間とは思えないほど、大げさだが魂が触れ合うような、そんな心の近さを感じていて――心の底から楽しく思えたものだったから。

テオは振り返り、従者たちとともに森を去っていった。

その背中は、どこか晴れやかなものに見えた。イアンはリルを抱き上げ、去りゆくテオの背中を見送りながら、静かに夜の森の風を感じていた。

「テオも行っちゃったし、僕らもちゃんと前に進まないとね」

あくる朝、イアンは野営の荷物をまとめながらリルにそう言った。

テオを助けてから、結局一週間近くもこの場に留まっていたことになる。

とはいえ、彼と過ごした時間はとても楽しいもので、きっと彼が皇太子でさえなければ、「一緒にミリシュ村へ行こう」と誘っていたかもしれない。

「それにしてもあの呪い……本当に解く方法がないのかな」

彼を苦しめ続ける忌まわしい呪い。

耳や尻尾があったところで、彼の人柄にはなんら変わらないと思うが、その見た目で彼自身を不当に評価されるのは許されることではない。まして常に体力を奪い続け、少しでも食べることができない環境下になれば、命を落としかねないという卑劣な呪いだ。

「僕にもっと能力があれば……」

転生してもチート能力を授かることもなく、野菜を作るだけが精一杯の魔法では、彼の力になることなどできない。

しかし、彼のためにもできるだけ解呪の方法を探してみよう。

「テオが皇帝になったら、もっといい国になるよね」

穏やかでやさしく、思慮深い彼が皇帝になったら、帝国は安泰だろうな、とイアンは思いながら数日ぶりにリルと歩みを進め、ミリシュ村を目指す。

森を抜けた先に広がる新たな景色に、二人は希望の光を感じながら歩みはじめた。

朝早くに出発したこともあって、午後には森を抜けることができた。

目当ての村は森を抜けた先に広がっていると聞いていたが、森を抜けてみるとかつての豊かな農作地帯という面影はほとんどなかった。

「え……？」

遠くから見える農地は枯れ果て、土がひび割れているところもある。まばらに緑はあるものの、風が吹くと砂埃《すなぼこり》が舞って、乾燥した空気をさらに冷たく感じさせた。

「嘘……」

言葉も出なくなるほどの荒廃した風景にイアンは思わず立ち尽くした。心配そうにリルがイアンの傍をぐるぐると歩き回っている。

「いや、もう少し歩いてみよう。行こう、リル」

イアンはさらに足を進めた。

砂埃が晴れると、緑の丘が見えてきた。そこでイアンはホッとする。荒れ果てた地だけではなかったことに安心しながら、早足で歩いていく。

しばらく先を進んでいくと、丘のふもとに集落が見えてきた。どうやらあの集落がミリシュ村なのだろう。村とおぼしきあたりには緑が広がっていて、けっしてすべて枯れ果てているわけではないらしい。

「でも……思っていたのとは違ったな……」

豊穣《ほうじょう》を誇っていた農作地帯だったはずの土地はどこへ行ってしまったのか。アドリントン家が譲り受けた当時の報告書では、麦や野菜が豊富に収穫できていたとあったのに。

「報告書が間違っていたのか、それとも違う理由なのか……」

いずれにしても、早くミリシュ村へ行かなければ、とイアンは焦るように足を速めた。

村の入り口にさしかかり、あたりもぽつぽつと家が増えてきたが、イアンはその寂れた雰囲気に少し驚いた。道端にはほとんど人影がなく、わずかに目に入る村人たちも、疲れた表情で黙々と作業を続けていた。イアンが近づくと、ちらりと見てはすぐに目をそらし、避けるようにして足早に立ち去る。歓迎されていないことは明らかだった。

「なんだか、ここはあまり人を寄せつけない雰囲気だな……」

イアンはリルに小さく話しかけた。

リルは不安そうにイアンの足元に寄り添い、耳をピクピクと動かしている。まるでこの地の異様な静けさを感じ取っているかのようだった。

村人に挨拶《あいさつ》しようと声をかけても、返事は素っ気なく、どこか冷ややかだった。ようやく話を聞いてくれた年配の女性に尋ねると、村は数年前に大干ばつに見舞われて以来、土地が痩《や》せてしまい、作物はほとんど育たなくなったという。

「ここは、もう耕作には向かなくなっちまったのさ」

「そうなんですか……」

「それより、あんたこんなところまでなにしに来たんだい」

女性はじろじろと様子を窺《うかが》うようにイアンを眺め、訝《いぶか》しいとばかりに尋ねた。

「昔、ここは豊かな耕作地だったと聞いたので……」

村に移住するつもりだ、と言ったが、やや声が小さくなった。女性はその声をすべては聞き取れなかったのか「あ？」と聞き返した。

「あの、ここで暮らそうと思って。村長さんのところへ伺いたいのですが」

今度ははっきりと言う。が、女性はそれを聞いて鼻を鳴らし、肩を竦《すく》めてこう言った。

「ふうん、わざわざここに来るなんて物好きだね」

そんなふうには言ったものの、彼女はそれほど悪い人間ではなさそうで、わざわざ「村長の家はあっち。村の入り口にいる衛兵に聞いてみな」と指を指して教えてくれた。

言われたとおりしばらく歩くと、簡単な木の柵《さく》で囲まれた門が目に入った。そしてその門のすぐ傍《そば》には彼が衛兵なのか、剣を携えた壮年の男が一人椅子《いす》に腰かけている。

「あの、ここがミリシュ村でしょうか」

そう尋ねると、男はじろじろとイアンを見た。

「そうだが、あんたは」

「僕はイアン――イアン・アドリントンといいます。村長のお宅はどちらでしょうか」

「アドリントン？　あのアドリントンかね」

男は怪訝《けげん》な目でまたしてもイアンをじろじろと見た。そうして、はあ、と大きな溜息《ためいき》をつく。

「一体全体、アドリントン家がいまさらなにしに来たんだ。何十年も見回りにも来ないし、代わりのもんも寄越さない。税金を取り立てるつもりならここにはそんなもんはねえよ」

明らかに敵意の籠《こ》もった口調で男はそう言った。

しかし、そんな態度を取られることもイアンには織り込み済みだ。もとより徴税のために来たわけではないのだから。

それより、アドリントンの名前がまだこの村で知られていることは、少しだけホッとした。もしかしたら、「そんな名前知らない」とけんもほろろな態度を取られる可能性も考えていたからだ。

「承知しています。僕は徴税に来たわけではありませんから、ご安心ください」

それを聞いて男は「ん？」と首を傾《かし》げた。

だとすればイアンはなんの目的があってこの村に来たのか、とでも言いたげな表情だった。

「じゃあ、なにしに来たんだ」

思ったとおりそう言われて、イアンは少し可笑《おか》しくなった。さっきも年配の女性に同じ反応をされたからだ。確かにどこの馬の骨とも知れない者がいきなりやってきたら、彼らのように思うのだろう。

イアンはこれ以上警戒されないように、にっこりと笑った。

「ジャガイモを植えにきました」

いたって真面目《まじめ》に答えたのだが、イアンの言葉に男は気分を害したらしい。目をつり上げると「ふざけるな！　揶揄《からか》うのもいい加減にしてくれ！」と大声を出した。

「ふざけたように聞こえたならごめんなさい。けっして揶揄ったつもりはないんです。僕は……少しでも皆さんのためになればと農作業のお手伝いをしにきました。あの、あとは、僕を領地管理人にするという男爵からのお墨付きもいただいてきましたので……」

言いながらイアンは領主のサイン付きの書類を男に見せた。

すると男は苦々しい顔をしながらもイアンの身分を理解したのだろう。仮にも男爵家のお墨付きがある者に無礼な真似《まね》はできないと思ったのかもしれない。

「村長のところに案内する」

こっちだ、とイアンを手招きした。

ミリシュ村の中に入って気づいたのは、村民は質素な暮らしをしているようだということだった。大規模な干ばつがあったということだが、ところどころに井戸はあり、治水はしっかりしているらしい。

（井戸がこんなにあるんだ。干ばつに悩まされたっていうし、もしかしてそれで対策したのかな。これなら……作物もちゃんと育つ可能性がある）

そんなことを考えながら歩いていると、村の中心らしい広場へ差しかかる。

広場にはひときわ大きな井戸があり、その付近だけは石畳になっていた。井戸の周りで何人かの女性がおしゃべりしながら洗濯をしている。着ているものは粗末な木綿で、ところどころに繕いのあとが見えていたが、女性たちの表情は明るくとても楽しげだ。先ほどの殺風景な景色と、殺伐とした色が見え隠れしていた人々とはまた別の雰囲気だった。

「あの、森からここまでの土壌を見てきたんですが……」

男にそう話しかけると、彼はじろりとイアンを睨《ね》めつけるように見てきた。

「ああ、ひでえ有様だっただろうが。あんたさっきジャガイモを植えるとか言っていたが、あんな土地じゃあ、なにも実らんよ。それでもあんたは畑仕事をしたいのか。お貴族様のままごとじゃねえんだぞ」

男にはイアンの頭がお花畑のように思えてならないのかもしれない。

彼の気持ちもわからなくはない。いきなりやってきた領主の子どもが荒れた土地でなにができる、と内心で思っているのかもしれない。

それほどあの土地は確かにひどいものだった。

「わかっています。でも、僕はこれでも少し土魔法が使えるから……」

そのイアンの言葉を聞いていたのかいないのか、男は「あのあたりは特にひどかったんだ」と溜息を落としながらそう言う。イアンが返事をしようかと口を開いたとき、男が「そこだ」ととある家を指さした。どうやらそこが村長の家のようだった。

村長の家は広場からほど近いところにあり、領地管理人を任されてきたというイアンを拒むことはなかったが、面食らったふうだった。しかし、歓迎もされていないのはイアンにもひしひしと伝わっていた。

村長によると、かつてこの村一帯は農作地帯だったが、大干ばつがあって以来、耕作には不向きな痩せた土地になったという。

「ですから、農作業をお手伝いくださるとのことですが、それもなかなか難しいことと存じます。なにしろろくな作物が収穫できませんからね。それに若様をお構いするほどこちらも手が余っているわけではありませんし」

慇懃《いんぎん》ではあるものの、はた迷惑だ、というニュアンスを滲《にじ》ませて村長がイアンに告げる。

村長はおそらく、イアンが貴族の気まぐれでここへやってきて農作業の真似事をするだけだと思っているのだろう。

だから、これだけ嫌みまじりに言えば、イアンのような若造なら短気を起こすか、あるいはしょげ返って引き下がるかだろうと考えたはずだ。

だがイアンはそのどちらでもなく笑顔を村長に向けた。

「大丈夫です。そう遠くないうちに成果は出せると思うので」

イアンの言葉に村長は面食らった様子でいる。

そんな村長を前にイアンはさらに続けた。

「それから、僕にはお構いなく。皆さんはいつもどおりでよいので、なにもお構いいただく必要はありません。僕は寝るところだけあれば十分ですから」

「いや……そうはいっても……」

「確かこの村に当家の所有している屋敷があると思うのですが」

元気よくそう言ったのである。

「あ……はあ……。まあ、そうおっしゃるなら……」

イアンに気圧《けお》された村長は苦笑いを浮かべながらハンカチで汗を拭《ふ》いていた。

「確かにアドリントン家の屋敷はありますが……」

歯切れの悪い返答のわけは、男爵家が所有する屋敷はあるにはあるが、これまでアドリントン家の者が訪れることはなかったし、また村長が勝手に人に貸すわけにもいかず、なにも手入れがされていないらしい。

屋敷に隣接して、小さな畑ができるような土地もあり、それも一応アドリントン家所有となっているようだった。しかし、どちらも長い間手入れを放棄されていたために、誰《だれ》も手をつけようとは思わないほど荒れまくっているとのことだった。

「それでもいいんですか？」

おそるおそる窺うように聞く村長にイアンは「もちろんです」とにっこり笑い、早速村長の家を出てその屋敷に向かうことにした。

なにしろこれから生活する場所だ。また、長い間空き家になっていたらしいので、果たして寝泊まりできるかどうかも明るいうちに確かめたかった。

目指す家は村はずれの丘陵地にあるという。

「幽霊屋敷って呼ばれているらしいよ、リル。楽しみだね」

ふふっ、とイアンは笑う。リルは「なにが面白いの？」というような顔をしながら、首を傾げている。

「ちょっとワクワクするでしょ。リル、行くよ！」

ワン、という声を聞いて、足取り軽くイアンはゆるやかな坂道を駆け上っていく。

丘の向こうにはなだらかな山の稜線《りょうせん》が見えていて、歩いていると爽《さわ》やかな風が頬《ほお》を撫《な》でていった。

そうして丘の中腹までやってくると、件《くだん》の屋敷が見えてくる。イアンは期待に胸を膨らませながら、さらに足早に駆けていった。

「なるほど……これは確かに幽霊屋敷」

見るからに長いこと手入れもされず放置されて朽ちかけていた屋敷を目の前に、イアンはぽつりと独りごちた。

煉瓦《れんが》の壁面はびっしりと蔦《つた》で覆われており、苔《こけ》むした石造りの外壁にはところどころ崩れている箇所も見え隠れしている。

窓は破れているため、雨風が入り込んでおそらく中は腐っているだろうことが容易に想像できた。また門扉から玄関までは荒れ果てて雑草が生い茂り……というよりは伸び放題である。

ただ見た目こそ廃墟《はいきょ》そのものではあったが、佇《たたず》まいは悪くない。きっと手入れをすれば居心地のいい住処《すみか》になることだろう。

「ここが僕の新しい家か……」とイアンは小さく呟《つぶや》いた。

リルは屋敷の入り口を見つめ、クンクンと匂《にお》いを嗅《か》ぎながら、やがて尻尾《しっぽ》を振った。どうやら気に入ったようだ。

「悪くないよね、リル。ちょっと古くて……まあ、これも趣があるってことかな」

錆《さ》びきった鉄格子の門をギイ、と軋《きし》んだ音を鳴らしながら開け、草をかき分けながら足を進める。村長からもらった鍵《かぎ》で屋敷の玄関扉を開けた。

開けるなり、もわっと埃《ほこり》が立ち上がり、さらにかびの匂いが押し寄せてくる。

「うわ……」

覚悟はしていたものの、さすがのイアンも顔を顰《しか》めた。

しかしここで怯《ひる》んでいては、今夜の寝床に窮してしまう。せめて寝る場所くらいは確保したい。

「よし、まずは掃除からだな。リル、手伝ってくれる？」

そう言いながらリルを見ると、「ワン！」と任せておけというように尻尾を振って応《こた》えてくれた。

「ひとまずこんなもんかな。あとは気長にやるしかないか」

ふう、とイアンは大きく息をついた。

気長に、とイアンは口にしたものの、本当にこれは長期戦だ、とぐるりと部屋の中を見回す。

なんとか当分の雨露は防げそうだが、修繕してまともに住めるようになるまでにはかなりかかりそうだった。

まず屋敷の中に入るなり、イアンはクモの巣と格闘しながらすべての窓と扉を開けて部屋の空気を入れ換えたのだが、床板はところどころ穴が空いているし、階段も手すりが壊れていたり、踏み板も壊れかけていたりとひどい有様だった。そのため階段を上るにはリスクがあって、迂闊《うかつ》に二階に行くことができない状態だ。それで今日は階上へ向かうのは断念した。

ただ、一階にあった食堂は比較的ましだったので、そこをいったん寝泊まりする部屋に決めたのだ。

食堂は広く、また窓からよく日の光が入る。幸い窓は破損などもほとんどなかった。イアンとリルは埃や汚れを丁寧に掃除する。

四方八方に張り巡らされたクモの巣を、掃除用具入れから見つけたデッキブラシを振り回して取り払い、何度も水拭きした。長年の堆積《たいせき》した汚れはなかなかきれいにならなかったが、寝る場所を確保するために汗だくになって手を動かす。

そしてその食堂を掃除し終えた頃には日も傾いていた。

「うわ、埃だらけだよ。リル、おいで、水浴びしよう」

屋敷の中庭には大きな井戸があるのだが、その他にも屋敷の裏手に小さな泉があるのをイアンは見つけていた。

ここでも水に困らないのがありがたい。そう思いながらリルと泉へ向かう。

その途中イアンは改めて村の全景を眺めた。

丘から見下ろす村の景色は沈みかけの夕陽に赤く染まって、まるで美しい一枚の絵画のようだった。

「きれいだね、リル」

ここで自分はやり直すのだ、そう思いながら夕陽が沈みきるまでイアンはずっとその光景を見つめ続ける。

その土地に生きるということは観光に来るのとは違うのだ。きれいな花は年中咲かないし、晴れの日ばかりでもない。雨も降れば嵐《あらし》も来るだろう。大地はいつも緑ばかりではなく、自らの手で自ら食べるものを作っていかなければならない。

ここで自分がどれだけできるのかわからないが、覚悟して来た以上、成果を出したい、とイアンは夕陽を見ながら意欲をかき立てられていた。

イアンがミリシュ村に到着して数日が経った。

村人たちは依然として彼に対して冷ややかな態度を崩さず、誰もイアンと交流しようと思う者はいないようだった。

ただ、痩せた土地の見捨てられた屋敷に住み着いた若者に対して、興味と疑念が入り混じった視線を向けるばかりだ。

「こんにちは」

挨拶をしても返事はない。それでもイアンはくさることはない。彼らにしてみればイアンを怪訝に思うのは当たり前で、それでもなにも言われないことだけで十分だった。

(石をぶつけられるわけでもないしね……反応ないのはしょうがないかな。少しずつコミュニケーション取れるようになれればいいんだけど)

そう思いながら、市場までやってくる。

さすがに持参した食材も尽きかけてきたから、なにか仕入れることができればと思ったのだ。

(パンと……あとはなにか野菜があれば……)

市場の入り口までやってきたイアンは、リルを抱えながら周囲の様子を窺っていた。店先にはわずかな野菜や果物が並び、そのどれもが小さく不揃《ふぞろ》いで、見るからに元気がなさそうだった。

「これがこの村の現状か……」

心の中で呟きながら、足を進める。

立ち並んでいる店の品物をイアンは眺めながら歩いていた。すると、一人の年配の女性が彼の横を通り過ぎる際に、ふと足を止めた。彼女の目はリルに向けられている。

「その犬、珍しい毛並みだね。銀色で、光ってるみたいだ。このへんじゃ見ないねえ」

声をかけられるとは思っていなかったイアンは、一瞬驚いたが、すぐに微笑《ほほえ》んだ。

「この子は森で拾って……リルっていう名前なんです」

リルはその言葉を聞いて尻尾を振り、愛嬌《あいきょう》たっぷりの表情で女性を見上げた。女性は笑いながら言った。

「へえ、森で。可愛《かわい》い子だね」

「ありがとうございます」

リルを褒められて悪い気はしない。それにまさかリルがきっかけで村の人と話すことになるとは思わず、うれしい誤算だった。

「そういや、あんた。あの幽霊屋敷に住んでるんだってね」

どうやら彼女はイアンが噂《うわさ》の幽霊屋敷の住人だと知った上で、声をかけてきたようだった。

「ええ。でも、掃除したらすっかりきれいになったんですよ。今度ぜひいらしてみてください」

イアンはにっこりと笑った。

「あの幽霊屋敷が。それにしても、こんな土地に住むなんて、あんたも変わり者だねぇ」

皮肉めいた言葉だったが、どこか柔らかい響きがあり、イアンは悪い気分にはならなかった。

「ええ、変わり者かもしれません。自分でもそう思います。でも、ここで新しい生活をはじめたいと思ったんです」

その返答に女性は少し目を細める。

「ふうん。ま、頑張ることだね。――これをやるよ。あたしゃパン屋でね。そこの角で店をやってる。気が向いたら買いにおいで」

彼女はぶっきらぼうにそう言って、イアンにいくつかのパンが入った袋を手渡すと、そのまま立ち去っていってしまった。

「あ……ありがとうございます！」

イアンはその背中を見送りながら、大きな声で礼を言う。彼女は振り返ることはなかったが、手を挙げてひらひらとその手を振った。

「リル、パンをいただいたよ……！」

自分が思っていたより、ずっと世界はやさしいのかもしれない。村人との距離があると思い込んでいたのは自分だけだったのだろう。

――きっとイアンならミリシュ村でもうまくやっていける。

ふと、テオの言葉を思い出した。

あのとき、イアンも不安だった。本当にやっていけるのかどうか、内心では先が気がかりで塞《ふさ》いだ気持ちを隠すのに必死だった。その気持ちを彼はわかっていたのだろう。イアンに勇気をくれたのだ。

（テオ、僕はなんとかなんとかやっていけそうだよ）

イアンは青く広がった雲ひとつない空を仰ぐように見つめる。それはまるで今のイアンの気持ちのように爽やかなものだった。

（頑張るよ、テオ）

心を開いてくれる人はきっとまだいる、とイアンはうれしくなり、市場からの帰り道の足取りはとても軽いものになっていた。

翌朝からは、イアンは新しい住まいの周りを整えるため、朝早くから土魔法を使って土地を耕そうと家を出た。

数日この村の土地を見て回ったが、やはり荒れた野原が広がっているのが目についた。この丘のあたりも痩せた地面が目立っている。草もまばらで硬く乾燥していて、作物を育てるには不向きな場所だったが、イアンにはこの場所を住み慣れたアドリントンの家のような土地に変えられる自信があった。というのも、この土地にやってきてから、魔力が高まっているのをなんとなく感じていたからだ。もしかしたら魔力の強いリルが一緒にいるせいかもしれない。今は前よりももっと土魔法を使いこなせるような気がする。

そして本腰を入れて畑に手をつけようと、イアンは屋敷を出てすぐに広がっている空き地に行く。

長い間ほったらかしにされていたという土地はそのとおり、雑草は地中深くに根を生やしているし、石は転がり、土はカンカンに乾いて硬くなっている。元は耕作地だったというが、これを作物が植えられるようにするまでにはかなりの手間がかかる。

イアンは土を手に取った。その感触は冷たく、乾いていた。握りしめると、さらさらと指の間からこぼれ落ちる。まるで命が失われたかのような、大地の痛々しい姿だった。

「これじゃ、作物は育たないよね……」

呟いた声は、乾いた風にかき消された。隣でリルがクンクンと匂いを嗅ぎ、鼻を鳴らしている。彼もまた、この土地の不毛さを感じ取っているのだろう。

「でも、諦《あきら》めるわけにはいかない。この地を再生させなくちゃ。……頑張ろうっと」

イアンは決意を新たにし、耕作に取りかかることにする。

「こんなに深いところまで根が張ってる……そりゃあ、まったく手入れしていなかったんだから当たり前か」

鍬《くわ》で地面を少し掘り返したが、その硬さに鍬も歯が立たないほどだった。ようやく少し掘って、雑草の根を取り出してみる。縦横無尽に張り巡らされた雑草の根は容易に取り除くことはできないだろう。

けれどそれは魔法を使えない人の話だ。

イアンはしゃがみ込み、地面に手のひらをつけると、すう、と息を吸った。

「地の精霊……土の主ノーム、我が魔力を糧に、この地に緑の息吹を注げ」

詠唱しながら指先を地面に向けてそっとかざすと、土の中で微細な動きが起こり、やがて土の質感が変わっていくのを感じた。

詠唱を終えると、ゴゴ……と微《かす》かな地鳴りがし、地面の土が勝手に盛り上がっていく。そして小石や雑草もろとも破砕するように土が耕される。それはあっという間の出来事だった。

だが、魔力を流し込んだ乾いた地面はわずかに潤いを取り戻しはじめたものの、効果は一時的なもので、長くは続かなかった。

イアンは深く息をつく。

「やっぱり手強《てごわ》いな……」

まだ魔力が足りないらしい。自分の力のなさに自己嫌悪に陥りそうになる。

へこむ気持ちを支えてくれたのは「イアンなら大丈夫」と励ましてくれたテオの言葉だ。

（いつかまたテオに会えたら……こんなに頑張ったんだよ、って言えるようにしなくちゃ）

イアンは項垂《うなだ》れかけた頭を、ぐっと上げて前を向いた。そして大きく深呼吸し、再び硬い地面に向かう。

「もっと強く……もっと豊かに」

魔力を強くするためには、毎日力が尽きるまで魔力を使うとよいと聞く。そのためイアンは毎日、朝から晩まで魔力を注ぎ続けた。土魔法のスキルを駆使し、地力を少しずつ上げていく。

さらに手のひらを動かすたびに、大地がしっとりと柔らかく、肥沃《ひよく》になっていく。魔法の力で土壌が整い、やがて緑が息を吹き返したかのように広がっていった。硬く荒れ果てた地面が、少しずつ作物を育てるために適した耕作地へと姿を変えつつあった。

イアンは自分の魔力が増えていくことに自然に喜びを感じていた。以前は土を動かすことしかできなかったが、今では土地全体に影響を与え、植物が育つ土壌を形作ることができる。そうなるとだんだん楽しくなってきた。

さらにリルの助けを借りて水を撒《ま》き、また自分が調合していた特製の肥料を土壌に混ぜ込んでいく。そんなことを一日中ずっと続け、数日経った頃にはなんとか作物を育てることのできる広さまで畑を広げた。

その日もイアンは畑を耕すことに精を出していた。

「これは厄介だな」

岩が多く、大きな石があちこちに埋まっている土にイアンは辟易《へきえき》していた。

魔法で掘っても掘っても石がゴロゴロと出てくるだけだ。

そのためいつもより魔力を多く使ったので、少し疲労が出てきた。本当は畝《うね》まで作ってしまいたかったのだが、このまま魔力を使い続けると倒れてしまう、とイアンは休憩を取ることにした。

「さすがに頑張りすぎたかな」

畑の脇《わき》に座り込み、おやつ用の炒《い》ったナッツや干したベリー類を摘《つ》まみつつ、水筒に入れた水で水分補給する。ナッツや干したベリーは栄養価も高いし、なにより腹持ちがいい。休憩のおやつにはもってこいなのだ。

「森でたっぷり採ってきたから、冬の間の分はあるかな」

マジックバッグを持っていてよかった、と独りごち、また数粒のナッツを口に放り込んだ。

そのとき、リルが突然立ち上がり、耳をピンと立てた。彼の視線を追うと、木陰から小さな子どもがこちらを覗《のぞ》き込んでいるのが見えた。目が合うと、子どもは慌てて隠れたが、イアンはやさしく声をかけた。

「大丈夫だよ。ここに来ていいよ」

しばらくして、躊躇《ためら》いがちに子どもが姿を現した。小柄で痩せており、あまり顔色もよくない。清潔ではあるがところどころつぎが当たった服を着たその少年は、怯《おび》えたような表情でイアンを見つめていた。

「お兄さん、あのおうちに住んでるの？」

少年はイアンの屋敷を指さしながらそう聞いた。

「そうだよ。この家を直しながら暮らしてるんだ」

「おばけ怖くない？」

きっと彼はここが幽霊屋敷と呼ばれていたため、イアンにそんなふうに尋ねたのだろう。

イアンはにっこり笑って「おばけなんか出ないよ」と答えた。

「ほんと？」

「うん、本当。きみは村の子？」

少年は小さく頷《うなず》いたあと、リルに視線を向けた。「その犬、すごくかっこいいね……触ってもいい？」

イアンは微笑みながら頷いた。

「もちろんだよ。リルはやさしいから、怖がらなくて大丈夫」

少年はおそるおそるリルに手を伸ばし、その柔らかい毛を撫でた。リルはおとなしく、少年に身を委《ゆだ》ねている。その様子を見て、少年の表情が少しずつ明るくなる。少年が笑顔になったのを見て、イアンはリルのお手柄だな、と思う。はじめの怯えた表情からは考えられないほど、彼の笑顔は可愛かった。

「お兄さん、ここでなにしてるの？」

「この土地を耕して、作物を育てようと思ってるんだ。この村をもっと豊かにしたくて」

その言葉に、少年は目を輝かせた。

「本当に？　こんな土地でも作物って育つの？　お父さんはいつも『こんなとこじゃろくなものは育たない』って言ってるけど」

その言葉にイアンは力強く頷いた。

「育ててみせるよ。——ああ、そうだ。もしよかったらきみにも手伝ってほしいな」

「いいの？」

「もちろんだよ。でも、ちゃんとおうちの人に許可をもらってきてね。僕はイアンっていうんだ。イアンって呼んで」

わかった、と少年は答えるなり、どこかへ駆けていってしまった。

そんな様子を微笑ましく見ながら、あの子が手伝いに来てくれるといいな、とイアンは思った。


「イアンお兄さあん！　父さんと母さんがいいって！」

早速その日の午後、少年はイアンのところに再びやってきた。

両親の許可をもらったということで、イアンと一緒に土を掘り返し、種を植える手伝いをしてくれたのだった。

「それ、魔法？」

イアンが魔法で土を柔らかくする様子を見ながら、少年――レネという、実はイアンの家から一番近い家の子だった――は不思議そうな顔をして聞いた。

「そうだよ。土魔法なんだ。僕は生活魔法と土魔法しか使えないから。でも、野菜を育てるには土魔法が一番なんだよ」

見てて、とイアンは魔法であっという間に畝を作っていく。

「すごい！　すごいね！」

ぱあっ、とレネの顔が明るくなった。

「本当は水魔法も使えるとよかったんだけどね。畑にたくさん水を撒かなくちゃいけないし」

残念そうな顔をイアンがしたときだった。

イアンの傍にいたリルが突然立ち上がると、一声遠吠《とおぼ》えのような声を上げた。すると、あたりにさあっ、と雨が降りはじめたのだ。

こんなに都合よく雨が降るなんて、と思っていると、リルが今度は違う声色で吠え、その声とともに雨が止《や》んだ。

「ええっ⁉」

これにはイアンも驚いて目を丸くした。

もしかしてリルが、とリルのほうへ目をやると、リルは得意げに何度か同じことを繰り返した。そのたび雨が降ったり止んだりする。やはりリルが雨を操っていたらしい。

確かにリルはフェンリルだから、魔法が使えるのは知っている。しかし、その魔法は風魔法だけだと思い込んでいたため、水魔法も操れるのを知らなかった。おまけにリルがイアンの言うことをまるですべて理解したかのように、都合よく水を降らせるなんて思ってもみなかったのだ。

「えっ、リル、僕の言うことがわかったの？」

イアンが思わずリルに尋ねると、リルは得意げに「ワン」と吠えた。

そのときその声とともに「もちろんだよ」という声が重なって聞こえたのだ。

さらに次の瞬間、同じ声がイアンの頭の中に響いた。

『水魔法くらいお手のものだよ。それよりイアン、大丈夫？　無理しすぎていない？』

驚いたイアンは、リルのほうを見て目を瞠《みは》った。

リルも驚いたように耳を立てていたが、やがてうれしそうに尻尾を振った。

「リル……リルの声なの？　もしかして……話せるの？」

イアンがおそるおそる尋ねると、リルはもう一度尻尾を振ってみせた。

『うん！　イアンの魔力が強くなったから、なんかね、お話しできるようになったみたい』

イアンは信じられない思いでリルを見つめたが、すぐに笑みがこぼれた。こうしてリルと会話できることは、彼にとって心強い味方が増えたようなものだった。

「すごい！　すごいよリル。水魔法が使えるだけじゃなくて、話もできるなんて」

『イアン！　僕もうれしいよ。ずっとイアンとおしゃべりしたいって思っていたんだ。それにイアンの役に立てて』

そんな様子を傍で見ていたレネが不思議そうな顔をしている。

レネにはリルの声が聞こえていないから、きっとイアンが独り言を言っていると思っているのかもしれない。

『イアン、心で思うだけで話は通じるよ』

リルにクスクス笑われ、誰かがいる前でリルに話しかけるのは気をつけなくちゃとイアンは苦笑する。

そうしてリルの力でたっぷりと水で潤った畑にイアンはジャガイモの種芋を植えていく。

このジャガイモはアドリントンの家で作っていたものだ。大きく育つといいな、と思いながら、イアン特製の肥料を撒いていく。

「レネ、ジャガイモが収穫できたら、レネにも分けてあげるからね」

「ほんと？」

「ああ、本当だよ。だから、楽しみに待っていて」

「うん！」

そんなふうにイアンはレネという小さな友達と、毎日楽しく畑で過ごすようになっていた。

リルと話ができることもだが、さらに驚いたのは自分自身の変化だった。

大地に魔力を注ぐたび、イアンの中で、魔法の感覚がどんどん広がっていくのを感じ、その力が深まっていくのがわかった。

魔力が増えてきたのを実感し、ある日いつものように土を耕していると——。

「…………！」

突然新しい感覚が芽生えた。身体《からだ》の中で魔力が一瞬で膨れ上がり、感じたことがない新しい力が溢《あふ》れ出てくるのがわかったのだ。

「これって……もしかして……」

イアンは走ってジャガイモを植えた畑に向かう。

そうして地面に手を置いた。すると誰に教えられたわけでもないのに、詠唱の言葉が口から飛び出す。

「地の精霊……土の主、我が魔力を糧に、この地に大いなる豊穣《ほうじょう》を与えよ。――ノーム」

新たに得たスキルは、作物の生育を飛躍的に促進させるものだった。

思ったとおり、魔力を注ぎ込んだ地から、種が芽吹き、みるみるうちに伸び育っていく。眩《まぶ》しい日の光を浴びて、立派な茎から大きな葉をつけ、そうして花の蕾《つぼみ》までつけてしまった。

特別な肥料もないのに、ものすごい速さで成長する植物を目の当たりにしてイアンは目を瞠った。

「これが新しいスキル……」

イアンは呟き、手を止める。隣にいたレネもあまりのことにしきりに瞬《まばた》きを繰り返していた。

ジャガイモはすぐに収穫できるまでになってしまう。その様子を見ながらイアンはあることを思いついた。

イアンはレネを呼び、屋敷の物置小屋に置いてある野菜の種の袋を持ってくるように頼んだ。

その中にはトマトの種が入っている。

今はトマトが育つ時期ではないが、今生まれたばかりの新しい能力――スキルが考えたとおりのものならば、上手く育ってくれるかもしれない。

イアンはレネが持ってきた袋の中から、種を一摑《ひとつか》みすると、畝の間に撒いていく。リルに水撒きをお願いし、その後で地面に手を置いた。

「地の精霊……土の主、我が魔力を糧に、この地に大いなる豊穣を与えよ。――ノーム」

詠唱をし、畑に魔力を注ぐ。

「うわあ……！」

特別な肥料もなしに、通常よりも大きなトマトの実が育った。トマトならこぶし大でも大きいと思うのに、まるでレネの頭ほども大きな実をつけたのだった。

「……味は？」

イアンはごくりと息を呑《の》んだ。

いくら大きく育っても、味が悪ければどうしようもない。

トマトを植えてみようと思ったのは、ジャガイモは調理しなければ食べることはできないが、トマトならすぐに食べられると思ったからだ。

手の中にあるトマトは真っ赤に熟れている。まるで食べてと言っているようにツヤツヤと輝いていた。

イアンはそれを口元に近づけると、ひと口囓《かじ》る。囓ったとたん、みずみずしい果汁が口の中に溢れ出てきた。

爽やかな甘さと酸味。酸味は強くなく、トマトの甘さを引き立てている。次いで広がるのは旨味《うまみ》だった。

トマトはもともと旨味成分が強い食材だ。昆布と同じ成分で、同等の旨味を持つといわれている。その旨味も強く、これまでに食べたトマトの中でも群を抜いて一番美味《おい》しいと思えた。

「んんっ！　美味しい！」

イアンは思わず叫んだ。声を出さずにいられないほど、美味しかったのだ。

そしてそのトマトはただ大きくて美味しいだけではなかった。

イアンがそれに気づいたのは、食べて数分もした頃。

「あ……」

それまでイアンはありったけの魔力を畑に注いでいたから、本来であれば大抵力尽きてしまい、休まなければならなかった。実際昨日までは同じくらい魔力を使ったところでヘトヘトになって、休憩時間を挟みながら作業していたのだから。

それがこのトマトを食べたとたんに、魔力はすっかり回復してしまったようで、疲労などどこにもなく、それどころか元気が身体中に漲《みなぎ》っていた。また、作業中に作っていた細かな傷もきれいに治っている。

おそらく、このトマトには特別な効果が付与されているのだろう。

単に栄養価が高くなるだけではなく、食べる者に魔力の回復や治癒の力を与えるというものだ。まさかここまでの成長を遂げるとは思わなかった。

「すごい……」

イアンは自分の力がどんどん進化していくのを肌で感じていた。

その日は収穫したトマトをレネにも分け与え、もちろんリルにも食べさせる。レネもリルも喜んでお腹いっぱいになるまで食べたのだった。

痩せっぽっちで顔色のあまりよくなかったレネの頬は薔薇色《ばらいろ》になり、見るからに元気になっており、リルと畑を走り回るほどになっていた。

また、手伝ってくれたお礼にとレネにトマトをカゴいっぱいに持ち帰らせる。帰り際、レネが目を輝かせてイアンにいつまでも手を振っていたのが可愛らしくてうれしかった。


「レネが魔法で畑をトマトでいっぱいにしたって言っていたが、本当にそんなことができるのか?」

次の朝早く、レネの父親がイアンのもとを訪れた。

しかも、レネの父親だけでなく、何人かの村人も連れて。

どうやらレネが家に戻って、両親に昨日の話をしたようだった。そのためその話はすぐに広まり、このようなことになっている。

彼らがイアンのことを遠巻きに見ていたのは知っていたが、どうやらレネの話を聞いて興味を持ったらしい。

「え、ええ……昨日ちょっとやってみたら……トマトはよく育って」

イアンがしどろもどろに答えると、初老の農夫が「この痩せた土地でもか」と信じられないというような顔をしながらそう言った。

日焼けした顔と刻まれた皺《しわ》、そして手もひび割れていて、これまでの苦労を物語っているが、その目には力強さが宿っていた。

きっとずっとこの土地で頑張ってきたのだろう。それでも不毛な土地を見捨てなかった人々だ。イアンの胸がぎゅっと締めつけられる。そしてにっこりと笑顔を見せた。

「大丈夫ですよ。今日は他の作物でも試してみようと思っていたんです。ご覧になりますか」

そう言って、イアンは彼らを畑に案内した。

トマトの畑はまだまだしっかりと実をつけて、今日も十分な収穫量を見込めるほどの出来になっている。

それを見た村人たちは興味深げに眉《まゆ》を上げた。

「これはすごい……！　確かに、この土地じゃ奇跡みたいなもんだな……」

季節外れのトマトがなっていることにも驚いているようだったが、彼らがことさら驚いた様子を見せたのはそのトマトの大きさだった。

「こんなトマト見たことがない」

目を大きく見開きながら、しげしげと見つめている。

そこに口を挟んだのはレネの父親だった。

「昨日、レネがこのトマトをもらってきたんだが、レネが元気になるっていうから、家族で食べてみたんだ。そしたら、ずっと寝込んでいたうちのヤツが今朝《けさ》元気に起きてきてよ……あんたのおかげだ。ありがとうな」

聞くと、レネの母親は病気がちで、一年の半分ほどは床についているのだという。それがイアンのトマトを食べて眠ったところ、すっかり病が回復してしまったというのだ。

「頼みがある。昔の種でもう芽が出ないと諦めていたものだが、あんたならこれを育てることができるかもしれない……」

彼がイアンに手渡したのは、小さな袋に入ったトウモロコシの種だった。

干ばつ以前にトウモロコシを育てていたが、荒れた土地ではなかなか上手く育てられなかったという。小袋の中の種はいつかまた育てられたらと、とっておいたものだったが、結局撒く勇気が出ないまま何年も経ってしまったという。

今ではもう古すぎて芽も出ないだろうと思うのに、捨てられずにいたものだったらしい。

イアンはそれを感謝の気持ちを込めて受け取る。

「わかりました。育ててみましょう」

そう言って、その小袋を手にすると、昨日耕した畝のほうへ足を向ける。

丁寧に畝に種を撒き、昨日のようにリルに水を撒いてもらった。

そしてイアンは地面に手をあてがい、魔力を込める。

レネの父親はその様子を不安げに見守っている。

「地の精霊……土の主、我が魔力を糧に、この地に大いなる豊穣を与えよ。――ノーム」

トウモロコシの種はレネの父親の不安を払拭《ふっしょく》するように力強く芽吹く。

そうしてまるで動画を早送りでもしているようなスピードで、畑を一面緑に変えたかと思うと、イアンや村人たちの背を遥《はる》かに越すほどの丈までに育っていく。

（確か、トウモロコシは雌雄同株《しゆうどうしゅ》だったから……）

うまく、雄蘂《おしべ》からの花粉を雌蘂《めしべ》に受粉させるには、とイアンはリルのほうへ視線を送った。

「リル、風を送れる？」

するとリルは得意げな顔をして小さく吠えると風を巻き起こした。

「わわっ、リル、ちょっと強いよ。もう少し弱く。じゃないと吹き飛んじゃう」

イアンの言葉にリルは「クウン」としょげつつ、風の力を弱める。やさしい風がイアンの頬を撫でていった。

「そうそう、上手い上手い。いい子だ、リル」

リルが風を送り、イアンは魔力をさらに畑に注いだ。するとトウモロコシの種子を包む穂が大きく膨らんでいき、穂から伸びる絹糸と呼ばれるひげが茶色く変化していく。

ほんの一時間もしないうちに、トウモロコシも育ってしまったのだった。

「信じられない……これが本当にあの痩せた土地から育った作物なのか？」

その様子を見た村人たちは目を丸くし、それから涙を浮かべてイアンに感謝の言葉を告げた。

「あんたが来てくれて、本当によかった。この村はまだ、やり直せるんだな」

何度も何度も頭を下げて礼を言う彼らにイアンも胸が熱くなった。

「もちろんです！　もっともっとたくさん色んな作物を作りましょう」

自分がこの村の人々に希望を与えられたことが、なによりもうれしかった。そして、隣で尻尾を振るリルに目を向けた。

『イアン、よかったね！　みんな喜んでる！』

「そうだね、リル」

イアンは村人たちと心を通わせられたことが、とてもうれしいと心から喜んだ。

自分のやってきたことが無駄ではなかったと思いながら。

畑での一件から、イアンもミリシュ村の一員と認められたのか、その夜、村人たちに宴会に誘われた。話してみると皆とても心の温かな人たちばかりで、イアンは心からミリシュ村に来てよかったと思ったくらいだ。

やはりはじめは彼らもイアンになにができるのか、と不審な気持ちでいっぱいだったようだが、イアンが村のために一生懸命になっているのを見て、心が動かされたという。

彼らに受け入れられたことがうれしく、イアンは遅くまで楽しい時間を過ごす。とはいえ、はしゃぎすぎたのか、遅くまで目が冴《さ》えていた。

リルはベッドの上でぐっすりと眠っている。

さすがにそろそろ眠らないと、とベッドに横になり目を瞑《つぶ》ったときだ。

突然、意識が白い光に包まれた。

「…………！」

なにが起こったのかと、気が動転しつつ、怖々と目を開ける。すると、ベッドの傍に美しい女性が立っていた。

「イアン……フェンリルを救った者よ」

その女性は美しい声でイアンにそう話しかける。

イアンは驚きつつ、ベッドから飛び起きた。

「私は大地の女神。――そなたの努力を見ていました。そして、その行いに感謝しています。そのフェンリルは我が眷属《けんぞく》。それをそなたは守ってくれたのです。ありがとう」

イアンは戸惑いながらもひざまずいた。

「女神様……リルはあなたの眷属だったのですか？」

「そう、彼は私の忠実な守護者であり、この大地の守り手でもあるのです。だが、彼は魔獣との戦いにより命を落とす寸前でした。おまえが彼を救ってくれたおかげで、フェンリルを通じ、私は再びこの地に力を与えることができます」

「リルが……」

「そなたは自分の魔力が強くなったと思いませんか。それは我が眷属フェンリルをテイムしたことで、そなたの能力も引き上げられているのですよ」

「えっ？」

それを聞いて、イアンはハッと思い当たった。自分の魔力が高まったのは実感していたが、リルをテイムしたためだったのか、と納得する。

「そなたは転生者ですね、イアン。もともとそなたは私の加護にありました。しかし、そなたが善き者か悪《あ》しき者か定められていなかったため、私の加護は封印されていたのです」

ですが、と女神は続けた。

「そなたの善行により、加護の封印は解けました。そなたの能力を確認するとよいでしょう」

確認？　とイアンは首を傾げ、そしてはたと「ステータスウインドウか」と思い出す。

ずっとそんなものを気にせずにいたから、いきなり言われてもピンとこなかった。

慌ててステータスウインドウを出すと、以前グレーアウトして見えなかったところにはっきりと「女神の加護」とある。

「すごい！」

思わず叫ぶと女神はさらにイアンに語りかける。

「またテイムは信頼の証《あかし》。我が眷属フェンリルはそなたを主《あるじ》と認めました。それゆえ、魔力も分かち合うことができているのです。――我が眷属フェンリルよ」

リルはいつの間にか目覚めていて、女神の傍で礼儀正しく座っていた。

「そなたもそろそろ本当の力に目覚めるときです。もう力を解放してもよいでしょう」

女神はそう言いながらリルへ手をかざす。すると今まで子犬くらいの大きさだったリルは、立派な成獣となり、その体躯《たいく》も非常に大きくなり、二メートルほどにもなっているだろうか。それだけでなく、毛並みはさらに美しい銀色となり女神の光を浴びて、虹色に輝いていた。

「イアン、リルはそなたとの絆《きずな》が切れぬ限り、そなたを守り続けるでしょう。また、わたくしもそなたに加護を与えます。治癒と豊穣の力……そなたの作る作物には癒《いや》しの効果を与えてはいますが、さらなる癒しを与えましょう。それと……イアン、手を──」

女神は微笑み、イアンに手を差し出すように求め、言われるままにイアンは手を差し伸べた。

すると、女神はイアンの手のひらに金色に輝く小さな種をのせる。

「これは特別な果実をつける木の種です。そなたがこれを育てることができたとき、果実は病や傷を癒し、また穢《けが》れたものをすべて浄化することでしょう。ですが育てるにはこの地の力とそなたの誠実な心が必要です。そなたならば、この果実を育てることができるでしょう」

イアンは慎重に種を受け取った。その小さな種は、まるで命を宿しているかのように温かかった。

たいへんなものを授かった、とイアンは思ったが、もし女神の言うとおりならば、この果実はきっと自分だけでなく村のためにもなる。

「ありがとうございます、女神様。必ず、この種を育ててみせます」

イアンの言葉を聞くと、女神は微笑み、そして姿を消した。そしてイアンはそれと同時に意識を失った。

翌朝、目が覚めると、ゆうべのことは夢ではないかとイアンは思った。

なにしろ傍で眠っていたリルはまた子犬のように小さくなっていたのだから。が、手はしっかりと種を握っている。

「これって……でもリルは変わらないし……」

そう独りごちているとリルはクスクスと笑った。

『イアン、僕、大きくなれるよ？　なってみせる？』

得意げなリルはふわりと風を巻き起こして変化した。身体が大きくなると同時にそのため、部屋に置いている様々なものが、あちこちに浮き上がる。イアンは慌てて手を振ってみせた。

「うわっ、リル、わかったから。ここで大きくならないで。風もダメ。部屋が壊れちゃう。小さくなって」

『わかったあ。——イアン、このくらいならいい？』

リルは大型犬ほどの大きさになった。これまで子犬だったのに、いきなり大きくなったらリルを知る村人も驚いてしまう。

「もうちょっと小さくなって」

『えー、しょうがないなあ。でも、イアンが言うなら……』

そう言って、元の子犬ほどの大きさへと変化する。

身体は大きくなっても、リル自身はまだまだ子どもの感覚のようで、大きくなったり小さくなったりを楽しんでいるように思えた。

とはいえ、リルも大きくなることができるし、あれは夢ではなかったのだ。

「こうしちゃいられないよね」

イアンは朝食を手早く済ませると、リルを伴って、屋敷の庭の一番日当たりのよいところに種を植えた。


空が澄み渡る午後、ミリシュ村は珍しくざわめいていた。

というのも、帝国の査察官が村を訪れるという知らせが村中を駆け巡っていたからだ。

その噂に人々は戸惑いと不安の入り混じった顔を見せていた。

馬車が土埃を巻き上げながら村に到着した。豪華な装飾が施された車体には、帝国の紋章が燦然《さんぜん》と輝いている。馬車から降り立った査察官は、鼻につくような冷淡な雰囲気をまとった中年の男だった。

厳めしい雰囲気の査察官は一戸一戸訪ねて、戸籍を確認する。

そうしてイアンも例外ではなく、査察官はイアンの屋敷を訪れた。

「きみはアドリントン領の者だというが」

査察官の問いかけは、威圧的というよりも冷たく無機質だった。

「はい」

その返事に査察官は眉をひそめながら書類を広げ、そして案内してきた村長を呼ぶ。

「イアン、この村は帝国に編入されているそうだ」

それを聞いてイアンは大きく目を見開く。

「この土地は帝国領だ。きみは帝国国民として戸籍の登録はない。退去を命じる」

彼は表情を崩さないままイアンに書類を提示した。

「そんなはずは……」

イアンは手ぬぐいで手の土をきれいにすると、査察官から書類を受け取って目を落とした。

確かにその書類には「ミリシュ村」が既に数年前には帝国領に編入されていると明記されている。

心臓が沈むような感覚に襲われた。

てっきり自領だと思っていたし、もちろんアドリントンの家の誰もがこのミリシュ村は自領だと信じて疑ってはいない。だが、この村が帝国領であることは書類が証明している。

よく読むと、領地管理人がおらず管理が機能していなかったとして、帝国は管理の所在に関する書面をアドリントン家に送ったようだった。だが、なんの返答もなかったことからアドリントンは領地を放棄したとして帝国に接収されたらしい。

どうやらそのことは村長も把握していなかったようで、村長自身たいそう戸惑っているように見えた。

おそらく帝国側もなんらかのタイミングで書類を確認したところ、辺境の地にある貧乏で小さな村も領地だということで、たまたま訪れたに過ぎない。そしてたまたま帝国民ではないイアンの存在を確認したのだろう。

(管理が杜撰《ずさん》だったばかりに……)

書面を送ったとのことだったが、もしかしたらその書面はアドリントン家には届かなかったのかもしれない。しかしそれも今となっては確認しようもなかった。

このまま引き続きここで暮らすには、帝国国民として新たに生きるより他ないのか。だが、それは自分の国を捨てることになる。――そして家を。

村長が横でなにかを言おうとしたが、イアンは軽く手を挙げてそれを制した。自分が招かれざる存在である以上、ここに居続ける正当性がないのは理解していた。言い返すことなく、肩を落として小さく頷いた。

「わかりました――」

出ていきます、と返事をしようとしたときだ。

村の外れから聞こえる馬の蹄《ひづめ》の音が一同の注意を引いた。その音は次第に大きくなり、やがて黒い馬に乗った男が姿を現した。男はフードをかぶりマントを身にまとい、そして数名の護衛を従えていた。

「イアン」

低く、しかし響き渡る声がイアンを呼ぶ。この声には聞き覚えがあった。

そしてその姿を見て、イアンは胸を高鳴らせる。

「久しぶりだな」

フードから覗く黒髪と、深紅の瞳《ひとみ》の持ち主――テオだった。

「テオ……どうしてここに？」

イアンの驚きの声をよそに、査察官は一瞬硬直し、次の瞬間には地面にひざまずいていた。

彼が緊張している理由は馬の鞍《くら》に帝国の意匠があったことと、護衛の騎士が身にまとっているサーコートにも特別な紋章が縫い留められているためだ。王族の麾下《きか》に置かれている者しかその紋章の使用は許されないと聞いたことがある。

テオが馬から下り、地面に足をつけると、査察官は大きく頭を下げた。

「あなた様は……！」

査察官はテオが何者なのか察しがついたのだろう。なにか言いかけたが、テオは彼の言葉を制した。

そして威圧的だった査察官が恐縮して頭《こうべ》を垂れていることに、村人たちの間にどよめきが広がっていた。

（そうだよね。いきなりやってきたこの人がどんな人なのか、村の人たちは誰も知らないものね）

おそらく偉そうにしていた査察官の態度の急変の理由がわからず、困惑しているのだろう。

「イアンは私の友人だが、この者がなにか」

テオは静かに査察官へ問いかけた。

「い、いえっ、この者は帝国民ではありませんので、退去を……と」

「そうか。悪いが、イアンは私がミリシュ村での居住を認めた者なのだ」

「さっ、さようでございましたか。しかし……」

それでも食い下がる査察官を前に、テオは周囲をぐるりと見回した。

あたりは緑が広がり、様々な作物が豊かに実っている。こんな景色はイアンがやってくる前にはなかったものだ。

「村長、随分と畑の様子が変わっているようだな。ここへ来る間も、見事な耕作地が広がっていた」

テオは査察官をよそに、村長に話しかける。

「はい。干ばつで痩せきった土地を……このイアンの力でここまでに回復したのでございます。おかげで、皆、今年は食料の心配をせずに冬を迎えられます」

村長は恭しくテオに答えた。査察官の様子からテオが身分の高い者と判断したのだろう。

「そうか。ではなおのことイアンがここに居住しても問題はないのではないかな。この土地は干ばつ被害で耕作には不向きだと、この報告書にも記載がある。しかし、現在はこのように豊かな実りの畑へと再生している。これは、このイアンが尽力しているというのは村長の言葉からも明らか。となると、帝国としてもその功績を評価すべきだと思わないか」

テオは査察官から書類を取り上げると、それを読み上げつつ、そう言った。

査察官は一瞬口を開きかけたが、テオのにこやかだが鋭い視線に阻まれ、言葉を飲み込んだ。

「……税をきちんと支払ってくれるのでしたら、わたくしにはなにも」

渋々というような口調で言いながら査察官はイアンのほうを見る。

「もちろん税は納めます」

イアンはきっぱりと告げる。

「イアンもこう言っていることだし、彼は私の客人としてミリシュ村の農地改革のために滞在している――そういうことだ。よいな。なにかあれば、ノイバウアーの屋敷に来るとよい」

テオが査察官を横目で見る。ノイバウアーという名前を聞いて、彼は飛び上がらんばかりに驚いていた。多分、彼はテオの正体をはっきりと理解したのだ。そこに住まう者が何者か、というのは帝国民ならよく理解しているのだろう。そうして仕方ないとばかりに頷き、慌ただしく馬車に戻っていった。

テオがイアンのもとに歩み寄ってきたが、イアンはまだ混乱していた。

彼が自分の窮地を救ってくれたのはうれしいが、なぜここに、という気持ちでいっぱいだったのだ。

「テオ……ありがとう。でも、どうしてここに」

イアンの驚きに、テオは微かに苦笑した。

「言っただろう？　改めて礼をすると」

「お礼なんていらないって言ったのに……」

「そうはいかないさ。まあ、そういうところがイアンらしいというか……だからこそ礼を尽くしたいと思ったのだ。きみの素直さに、私は救われた」

その言葉にイアンは少し赤くなり、目をそらした。リルがうれしそうに尻尾を振りながらテオの足元に駆け寄り、その周りをぴょんぴょん跳ね回っている。

テオは査察官が去っていったほうを見ながら口を開く。

「これで少しはきみへ恩返しができただろうか」

「十分だよ。ここにいさせてもらえるだけで、僕のほうこそきみにどれだけお礼を言ってもきかないくらいだよ」

「それはよかった。少しは私も役に立てたようだ。それからこれを」

彼はイアンに金の入った袋を手渡そうとしたが、それは丁重に断った。

「こんなものを受け取ったら、僕はあなたと友人ではいられなくなってしまうでしょう？　僕は友達から見返りを欲しがるような人間ではありたくないんだ。それに、恩なら今返してもらったもの。これで貸し借りなしだよ」

そうテオにきっぱりと言った。

「イアンらしいな」

テオは小さく笑った。

「わかった。これは引っ込めるとしよう。イアンと友達でなくなるのは私が辛《つら》い。それより……この村は本当に変わったな。私が以前に通りかかったときには、畑もあまり整備されていなかったように思うのだが、見違えるようだ」

畑のほうへ顔を向けながら、テオは目を細め、そうして再びイアンへ向き直る。

「これがきみの力なんだな、イアン」

イアンはその言葉に小さく首を横に振った。

「ううん。僕だけの力じゃないよ。ここまで魔力が高まったのはリルのおかげもあるし、畑を広げることに村の人たちが協力してくれた。それから……その……あなたが僕なら大丈夫って言ってくれたから、頑張れたんだ」

いつでもテオの言葉が心の支えだった、とイアンは告げる。

彼はイアンのことを評価してくれた貴重な人だった。だからくさらずにやってこられたのだと。

「そうだ」

イアンは思いついたように声を上げた。

「よかったら、泊まっていきませんか。たいしたおもてなしはできないけれど、僕の作った野菜も食べてもらいたいし」

「いいのか？」

「もちろん。喜んで」

そう言ったところで、テオの護衛の騎士が「おそれながら」とテオに声をかけた。

「なんだ」

「このようなところでは殿下の安全が保証されません。目的は果たされたのですから、早々にお帰りを」

護衛の進言ももっともだった。テオは身分もさることながら、命を狙《ねら》われている身である。ミリシュ村のような田舎でテオを守り切ることはできないと言いたいのだろう。

しかし――。

「あの」

イアンは横から口を挟んだ。

「ご心配ももっともですが、うちの屋敷は丘の上にあって、周囲はなにもありませんから誰かがやってくるのはすべて丸見えです。ですから、忍び込むのも容易ではないと思いますし、それから……ここに水魔法と風魔法を使うフェンリルがいますから、もし賊がやってきたとしても対処できると思うんです」

リルはイアンの言葉に反応して、身体を大きくする。見事なまでの変身で、騎士らも目を見開いていた。

「よければ護衛の皆様も滞在なさってください。空いている部屋はたくさんあるので」

イアンの言葉と、テオがどうしても滞在したいと頑《かたく》なに言い張ったため、護衛の騎士のうち数人がテオとともにしぶしぶ滞在することとなった。

イアンが滞在を勧めたのは、先日の女神からもらった種のことがあったからだ。

種を植えて、木は順調に育っている。とはいえ、イアンの力をもってしても、まだ花も咲いていない。

(咄嗟《とっさ》に泊まって、なんて言ったけど、テオがここにいられるのはきっと数日だろうし)

女神からの木が育って実がつけば、テオの呪《のろ》いが解けるかもしれない。

——果実は病や傷を癒し、また穢れたものをすべて浄化することでしょう。

女神は確かにそう言った。

(穢れたものをすべて浄化……ってことは、解呪《かいじゅ》できるかもしれないってことだ。でも、テオがいる間に実はなるかな)

女神からの種を育てはじめたところで、タイミングよくテオはやってきたのだ。このタイミングを逃せば、彼と再び会える可能性なんてほとんどない。

(訪ねていったところで、追い返されるのが関の山だよ)

自分が彼の呪いを解く手助けができるのは今しかないとイアンは思った。

「あのね、テオ。こっちに来てくれるかな」

イアンは女神からもらった種を植えた場所へテオと護衛を案内した。そこには一本の若木が育っている。

「この木……実は女神様からいただいた種を植えたんだ。女神様は、この木になる実は穢れたものを浄化する……っておっしゃっていてね。だから、僕はこの実をテオに食べてもらいたいと思って」

説明したものの、護衛の騎士らはイアンの言葉に懐疑的な様子だった。一見して、なんの変哲もないただの木だ。それが女神からもらった種を植えて育てている木だとか、その実は穢れを浄化するとか言っても、信じられないのも無理はない。

だがそのときだった。

若木についた葉と葉の間に、いきなり大きな蕾ができて膨らんだ。かと思うと、その蕾は大きな虹色の花を咲かせる。

輝くような花が咲くその瞬間を見た人たちには、きっと奇跡のような光景と映っただろう。

それが証拠にイアンが「実がつくまでの間だけでいいから」と滞在を勧めたことについて、批判はひとつも出なかった。

「美味《うま》い……！」

イアンの料理をテオは気に入っているようで、いつもなんでも美味しいと食べてくれる。

今日は穫《と》れたジャガイモをグラタンにした。

護衛の騎士たちもいるし、いっぺんに大量にできる料理で身体が温まるもの、と考えてグラタンを選んだ。

ミルクで炊いたジャガイモにチーズをたっぷりのせて、こんがりと焼き上げる。

あとは野菜たっぷりのスープと、近頃仲良くなったパン屋で買った白いパン。ふわふわで柔らかなパンはジャガイモのグラタンにぴったりだ。

ジャガイモはほくほくとしていて、しっかりと甘みも感じられ、ミルクやチーズとの相性も抜群だった。

テオだけでなく、料理は騎士たちにも好評だったようで、あっという間にグラタンもスープもなくなってしまう。美味しく食べてもらえてよかった、とイアンはホッとした。

（胡椒《こしょう》があれば完璧《かんぺき》だったんだけど、さすがに胡椒を手に入れるのは難しいし、ローズマリーがあっただけよかったと思わなくちゃ）

庭に自生していたローズマリーやその他のハーブを見つけたときは、思わず小躍りしたものだ。果たして自生していたのか、この屋敷の前の居住者が植えていたものかは定かではないけれど、とにかく庭に生えていたのはありがたかった。

「このスープも風味がよくて、いくらでも飲めそうだ」

「それならよかった。喉《のど》にいいハーブを入れてみたんだ。喉の調子がいまいちって言ってたでしょ。せめて身体にいいものをと思って」

スープにはタイムを入れてみた。このところ季節の変わり目で、今朝もテオは喉がいがらっぽいと言っていたからだ。タイムには気管支の炎症を抑えたり、去痰《きょたん》の作用があるから、少しは効果があるだろうと思ったのである。

「もしかしていつも料理にそんな工夫を？」

「工夫っていうほどじゃないけど、病気にならないようにね」

これは前世での知識だ。そんなことはテオには言えないけれど。

「そうだったのか……。もしかして森でも？」

森で食べた食事にもそんな工夫をしていたのか、と問われイアンは小さく笑う。

「う……ん。だって、あのときはテオもすごく弱っていたし、少しでも身体にいいものをって思ったから」

それを聞いたテオは、ありがとう、と頭を下げた。

「テ、テオ、頭を上げてよ。たいしたことしてないんだから。あ、でも、こっちのジャガイモとかは女神様の加護が付与されているから、体力も魔力も回復するよ」

こんなふうに大げさに頭を下げられるようなことをしているわけではない。せいぜいが気休めのようなものだからだ。なんとなくズルをしているような気分で、ばつが悪い。だが、テオは首を横に振った。

「そういう気遣いができるということがイアンの美点だ。改めて思うが、本当になんでもできるのだな」

テオは感心したように言う。

少しだけ照れ臭く思いながら、イアンは口を開いた。

「んー、確かにそうかもね。僕の家は爵位があっても貧乏で……使用人も家令とメイドの二人きりだし、だからなんでも自分でやってきたんだよね。僕だけじゃなく、母上も兄たちもなんだけど。それが当たり前だったから」

「そうか……」

「あっ、でも、それが嫌ってわけじゃないからね。生活する上で必要なことがなんでもできるようになったおかげで、こうしてここでも全然困らないんだし。……むしろよかったのかな、って今では思っているよ」

本物（?）の貴族であればそうは思わないのかもしれないが、なにしろ自分は転生者である。前世から自分のことは自分でやってきたから、まったく苦ではなかった。

「そういう謙虚なところもイアンのいいところだな」

普段から褒められ慣れていないイアンには、テオの言葉がどことなく面はゆい。けれど、それは嫌なものではなく、とてもうれしいものだった。

（テオは案外人たらしだよな。こんなふうにさらっと人を褒めるセリフを言えるなんて）

彼の口数はけっして多いものではないが、言葉の端々に思いやりを感じられる。自分なんかより彼のほうこそずっとやさしくて立派だと思える。

「大げさだよ。誰でもできることしかしていないんだから」

「いや、イアンはいつも自分は平凡だから、と言うけれどそれは違う。俺はイアンに心も救われたのだからな」

じっと見つめられながらそう言われて、イアンはさっと頬を赤く染めた。

さらっと彼が言った言葉に、実は深い意味があったとは知らずに。

テオが滞在するようになると、村外れの家は一層賑《にぎ》やかになった。

女神の木（イアンはそう呼ぶことにした）は、次々に花をつけていたが、果実はたったひとつ未熟なものがなっているだけで、まだ大きくはなっていない。

ただ、イアンもテオも果実の成長を大きく期待していた。

滞在中、テオは意外なほど生活に溶け込み、畑の手伝いから家事まで積極的に行ってくれている。

護衛の騎士らは、数名を残し、一度帰城すると言って立ち去っていったが（リルの本当の姿と魔法を見せたところ、安心したらしい）、残った騎士らも畑仕事を手伝ってくれていた。

毎日朝早くから二人――と一匹――は畑に出て次から次に実がなった作物を収穫する。手伝いに来たレネは意外なほどテオに懐き、剣の指南も受けたいと言ってきた。その傍らでリルがじゃれる姿に、イアンは何度も微笑みを浮かべた。

その日もテオは鎌を手に持ちながら、額の汗を拭《ぬぐ》っていた。

「まさか皇太子様に畑仕事お願いするとは思わなかったけど」

クスクスと笑いながらイアンが言うと、テオも小さく笑う。

「畑仕事がこんなに楽しいものだとは思わなかった。それに意外と似合っているとは思わないか？」

軽口を叩《たた》きながら、少年のような笑顔を見せる。そんな彼のなにげない表情にイアンの胸は小さな音を立てた。

「そうかも」

イアンは自分の胸に育っている感情に戸惑いつつ、けれどテオには悟られないように、いつもどおり返事をした。

ドキドキとイアンの心臓が音を立てていることなんか知らないテオは無邪気に笑う。

「いいものだな。こうして自分の手でなにかを作るというのは」

「そうだね。だから僕は農業が好きなんだと思う。テオにもわかってもらえてうれしい」

汗まみれになって働き、働いた分だけ、自分の手元になにかが返ってくる実感。前世のように働いても働いてもすべて搾取されるような無為な時間はここにはない。

「ずっとこうしてここで働くというのもいいかもしれないな」

ふふ、とテオは笑う。その言葉はもしかしたら彼の本心だったのかもしれなかった。

「あ――イアン」

テオはイアンの傍に近寄ると、手をイアンのほうに向けて伸ばす。

「え？」

なにがあったのだろう、とイアンが思っていると、彼の手はイアンの頬をそっと撫でた。

触れられた瞬間、イアンの心臓が大きく音を立てた。

「…………！」

温かくて、彼の指先のやさしい感触にどうしてか胸が苦しくなる。おまけに、なぜか勝手に頰が赤く染まった。

「頰に土がついていた」

テオは微笑みながらそう言った。

ただ、彼は汚れた自分の頰を拭ってくれただけなのに——なのに、どうしてこんな気持ちになるのだろう。

そもそも普段から自分の性指向について考えたことはなかったが、テオに対してときめきを覚えるということは——いや、と内心で首を横に振る。彼については単に憧《あこが》れというか羨望《せんぼう》の気持ちを抱いているだけだ、と思い直す。

（こんなにきれいな人を見たことがなかったしね）

そう自分に言い聞かせた。

けれど、二人の間に漂う空気は、穏やかで……どこか特別なものに変わりはじめていくのを互いになんとなく感じ取っていた。

しかしその一方テオがミリシュ村に滞在しはじめてから、村人たちの間に微妙な空気が漂っていることにイアンは気づく。

というのも、テオが護衛を引き連れた高貴な身分の人間であること——多分、皇太子であることを村の人たちはわかっていないだろうけれど——もそうだと思うが、フードや分厚いマントをとらずにいる姿が村人たちに戸惑いを与えていたのだろう。

イアンとしては不用意にテオを好奇の目にさらしたくないという気持ちで、フードをかぶり続けたり、分厚いマントも脱がずにいたりしたほうがいいとは思っていたのだが、村人たちにしてみればそれがなんとなく異様に映っているらしい。

ある朝、イアンがテオとともにカボチャ畑で収穫をしていたときだ。大きなカボチャがいくつも穫れて、テオは驚きながらも楽しんでいた。

そのとき不意に風が吹いて、テオのかぶっていたフードが外れてしまった。

あっ、と思ったとき、ちょうどそこにレネとレネの父親バレロが居合わせたのだった。

彼らはイアンに差し入れを持ってきたようで、テオの姿を見て、持っていたカゴを落としてしまった。

「あ……」

バレロはイアンとテオから視線を外した。

彼の視線には警戒と不安が混じっていた。彼はおそらく獣人を見たことがなかったのだろう。あるいは畏怖《いふ》すべき存在と教えられていたのか。いずれにしても明らかに困惑している様子だった。レネは逆に目をキラキラと輝かせてテオを見ている。テオは深い溜息をひとつつき、柔らかく口を開いた。

「驚かせてしまったかもしれません。……ですが私は害をなすつもりはありません」

しかし、その言葉を聞いたバレロは顔を引きつらせるだけだった。

イアンは慌てて割って入る。

「テオ、バレロのこと誤解しないで。村の人たちはあまり外からの人に慣れてないんだ」

「わかっているよ。——見苦しいところを見せた」

フードをかぶり直すテオの言葉には若干の寂しさが混じっていた。

バレロは彼の言葉を聞いて、しまった、というような顔をしたが、それでもテオに話しかける勇気はなかったのだろう。イアンに無言でカゴを押しつけると、帽子を深くかぶり、レネの手を強く引いて帰ってしまった。

レネの「どうしたの？」とバレロに聞く声とバレロが黙って立ち去る姿を見つめながら、イアンは言葉を失っていた。

（なにもできなかった……）

隣にいる彼の姿に視線を向けた。尾がほんの少し下がっているのを見て、彼が気丈に振る舞いながらも傷ついているのが伝わる。

なのに――。

「そんな顔をするな、イアン。こういうことはいくらでもあるのだから……私は気にしていない」

「でも……」

「あからさまに罵《ののし》られなかっただけましだ」

微笑むテオにイアンの胸がひどく痛んだ。

テオのほうが傷ついているのに、イアンを励まそうとしてくれる。そんなやさしい人なのに見た目で判断されるなんて。

（バレロや村の人たちにちゃんとわかってもらおう）

これ以上、テオの笑顔がどんなに素敵か知っているとイアンは顔を上げて前を向く。

イアンはテオを傷つけたくないとイアンは顔を上げて前を向く。そして彼はイアンが彼に対して偏見を持たないことに感激してくれていた。

（テオのこと……もっとわかってくれる人が増えたら、テオももっとうれしくなるよね）

そのためにはどうしたらいいか、と思案を巡らせた。そしてあることを思いつく。

（人は……自分が知らないものを恐れがちだ。ってことは、よく知るようになれば怖がられないし、理解してくれるはず。テオの内面を知ってくれれば、きっと……）

バレロはけっして悪人でないし、もともと話がわかる男だ。だったらかつての恵世のようにテオのことをわかってくれるかもしれない。

イアンは内心で「よし」と小さく気合いを入れた。

「テオ、収穫できたカボチャで一緒にパイを作ってみない？」

突然のイアンの提案にテオは首を傾げつつも「わかった」と答える。

「すっごく美味しいパイを作るよ。そしたら、一緒にみんなのところに持っていって食べてもらおう。ね？」

「いや……しかし、私は……」

やはり先ほどのバレロの態度は彼を躊躇《ちゅうちょ》させるくらいには傷つけていたらしい。イアンはにっこりと笑う。

「大丈夫。美味しいものは人の気持ちを和らげてくれるから」

さ、行こう、とイアンはテオの手を引き、二人で一緒に屋敷へ戻る。

パイはアドリントン家では母親の十八番《おはこ》で、彼女はとても美味しいパイを作っていた。イアンもときどきその手伝いをしていたから、実はパイにはちょっとだけ自信があったのだ。季節ごとに様々なパイを焼き、特に秋はリンゴやカボチャ、そして木の実いっぱいのパイがよく食卓に並んでいた。

それを思い出しながら、イアンはテオと二人で母親直伝のパイを仕込む。

厨房《ちゅうぼう》仕事などしたことがなかっただろうテオは、悪戦苦闘しながらも、それでも楽しげにイアンと生地を練っていた。


「ああ！　これは本当に美味しいね！　イアン、あたしにもこのパイの作り方を教えてくれない？」

次の日イアンはテオを伴って、バレロの家を訪ねる。

バレロははじめ顔を顰めて、訪問を歓迎していないようだったが、バレロの奥さんは笑顔で出迎えてくれ、お茶に誘ってくれた。

イアンは昨日作ったカボチャのパイを「食べてください」と手渡した。テオと二人で作ったのだと言いながら。

バレロは手をつけようとはしなかったものの、奥さんは躊躇せずにパイに手を伸ばし、すぐに口に運んで、そうして言ったのが先ほどの言葉だったのだ。

「いや、こんなパイが食べられるなんて本当にうれしいわ。どこで作り方を習ったの？」

「僕の母がパイが得意で、僕もよく手伝わされたんです」

「へえ。そうなの。……ああ、このカボチャの種の炒ったのが香ばしくてすごくいいわ」

「あ、それはテオが種を炒ったものを入れてみたらどうか、って言ってくれて」

イアンがそう言いながらテオのほうを見ると、バレロの奥さんは意外そうな顔をしながら、じっくりとテオを見る。

「あなた、とてもやさしい目をしてるのね。レネがいつも遊んでくれてうれしいと言っていたの。お礼を言わなくちゃと思っていたのだけど、こんなパイまで作ってくれてありがとうございます……ほら、あんた。なに失礼なことしてんのよ」

バレロの奥さんは、不機嫌そうにそっぽを向いているバレロの態度が悪いと叱《しか》りつけた。

「いや、だってよ……」

「だってもなにもないわよ。レネにいつもよくしてくれる人が悪い人なわけないでしょう。あんたからもお礼を言いなさい。それからつべこべ言わずにこのパイを食べてみなさいよ」

奥さんに押しつけられ、バレロはしぶしぶ皿に切り分けたパイを口にする。すると「美味い」と口にするなり、あっという間に皿を空にした。

バレロの家を出る頃には、彼の態度に少し変化が見えはじめていた。きちんと向き合って話をする中で、テオの誠実さがわかったのだろう。そしてけっして見かけがすべてではないことも。

「どうやら俺はうわべだけで決めつけすぎてたらしい。すまない」

「いえ、私が異形に見えるのは事実ですから。ですが、それが私という人間の本質だとは思わないでもらえるとありがたい」

その言葉に、バレロはしばらく考え込むような表情を浮かべた後、大きく頷いた。

「わかった。嫌な態度をとって悪かった。イアンが友達だと言っているんだもんな。じゃあ、俺も信じてやらんと」

バレロがそう言った瞬間、テオはわずかに驚いた表情を浮かべたが、すぐに柔らかな笑みを浮かべた。

「ありがとう。……私にとって、なによりの言葉だ」

そう言った彼の尾が、いつの間にかうれしそうに揺れているのを見て、イアンは自分の頬も緩むのを感じた。

さらにバレロはイアンたちを食事に誘った。食事に誘われるということは、親しく付き合いをする、という意思表示になる。バレロがテオも含めて誘ったということは、彼に認められたということに繫《つな》がるのだ。

その夜はバレロの家で明け方近くまで楽しく飲み明かしたのだった。


数日後のことだった。

イアンが畑で作業を終え、テオと肩を並べて村外れの道を歩いていると、ふと視界の隅で彼の横顔が目に入った。傾きかけた太陽の光が、テオの端整な顔立ちを柔らかく照らしている。

最近、彼はフードを取り、ありのままの姿を皆に見せることが多くなった。それでもミリシュ村の人々はもう彼のことを色眼鏡《いろめがね》で見ない。そのせいか彼も自然な表情が増えていた。

今も黒髪をなびかせ、陽の光に照らされながら丘に佇む姿はとても美しくて、イアンは見惚《みと》れてしまう。

(わあ……、すごく……きれいだ)

イアンの心臓がドキドキと高鳴った。

こんな彼を見てしまうとつい意識してしまう。堂々と立つ彼の、自分とは大違いの引き締まった筋肉も、端整な顔立ちも。

そして鋭いはずの目が、このときばかりはやさしさに満ちているように見えた。

「なにか、俺の顔についてるか？」

「えっ？　いや、なんでもないよ！」

慌てて目をそらすイアンに、テオは珍しく微笑を浮かべた。その微笑みがまた、イアンの胸を締めつける。

（なんだろう、この感じ……）

イアンは心の中で首を振った。彼にとってテオは恩人であり、友人だ。しかしそれ以上の感情が混じりはじめていることを、否定できなくなりつつあった。

けれど自分が彼に惹《ひ》かれていることは気づかれたくはない。

そのとき、テオの手が偶然触れた。

イアンは慌てて手を引っ込め、テオもまた、普段の冷静な態度を保とうとするが、ほんの一瞬、戸惑いを見せる。

「すまない。不用意に触れてしまって……嫌な気持ちにさせた」

テオはイアンにそう言った。

きっとテオの手を避けるような真似をイアンがしたことについて、彼はそう感じたのかもしれない。

　イアンは慌てて否定した。

「違……っ、そんなことない……！　そうじゃなくて……」

「最近、私はきみに対して距離を近づけすぎたようだ。私はきみが嫌がることをしたくない。嫌なら嫌とはっきり言ってほしい」

　そんなふうに思っていたのか、とイアンはショックを受けた。

「ちが……っ、違う」

　イアンは首を大きく横に振った。

　好きだと思う人の体温に触れて戸惑っただけなのに。

　自分の態度がおかしかったせいで、このやさしい人を傷つけてしまった。

「ごめんなさい、テオ。違うんだ。嫌な気持ちになったわけじゃなくて……。その逆っていうか……その……」

　イアンは口ごもった。

　そうだ、とイアンは思った。

　自分は彼のことを好きなのだ、とはっきり自覚する。好きだから……好きなテオに触れられて、もっと触れてほしいと願った、その自分の浅ましさを知られるのが嫌だったから、つい自分の手を引いてしまったのだ。

「逆……？」

どういうことだ、とテオは窺うようにイアンを見つめてくる。

きれいだと思っているその目に見つめられて、イアンは勇気を出してようやく自分の気持ちを伝えることにした。

これで彼が自分を避けるのなら仕方ない。

「これを言ったら、あなたのほうこそ僕を嫌いになるかもしれない。でも、女神の木の実がなるまではここにいてほしいんだ。僕のことが嫌になっても、それまでの間、我慢してくれる？」

「そんなことはない。どんなことがあっても、私がきみを嫌いになることはない」

テオは必死な目をしてそう言った。

イアンはまだその一言を言うのを迷っていた。たった一言だ。けれどその一言を言うのに、とてつもない勇気がいる。

「だといいんだけど……ごめんね。僕……あなたのことが好きになったんだ。友情とかそういうのじゃなくて、その……」

そう言いかけると、テオはイアンをやさしく包むかのように抱きしめた。

「イアン……その後は私に言わせてくれないか」

イアンは耳元で囁《ささや》くテオの声を聞きながら、なにが起こったのかと信じられない気持ちでいた。

「きみが好きだ」

彼の腕の中は柔らかで、温かく、とても心地がよかった。テオはゆっくりとイアンの背をやさしく撫でながらそう口にする。

「私だけがきみのことを好きなのだと思っていた」

イアンは目を見開き、信じられないようにテオを見つめる。

「僕は――」

「僕は、テオが好き。好きだから……あなたにここにいて、って我《わ》が儘《まま》を言ったんだ。あなたはただ、僕に借りを返しにきただけだったんだろうけど、これでお別れになるのが嫌で、あんな我が儘を言って……」

あまりに反応がないので不安になりながら、イアンは続ける。

「もちろん、女神の木の実のことは本当だし、あなたの呪いを解いてあげたいのも本当だけど、僕があなたともっと一緒にいたかったから……」

そのまましばらく、イアンは唇を噛《か》みしめながらテオの返事を待った。

「……イアン」

かなり経ってから、テオが言葉を発した。

「私も、きみに話さなくちゃいけないことがある。──聞いてくれるか」

ぎゅっと彼の腕に力が込められた。

それに抱き返してもいいものかとイアンの手が空をさまよう。するとテオは抱き返してもいいと促すようにさらにイアンを抱く腕の力を強くする。

彼の鼓動や温《ぬく》もりが鮮明に伝わってきた。そして彼が小さく震えていることも。

「もちろん。聞かせてくれる？」

イアンはテオに向かって少し戸惑いながら熱の籠もった視線を送り、ようやく彼の背を抱きしめると、それに応えるように彼は頷いた。


「イアン──私がきみに助けられたのは二度目なんだ」

屋敷に戻り、部屋の中で夕暮れの景色を見ながら、ベッドに腰かけたテオはそう言った。

「二度目……？」

どういうこと？　とイアンは首を傾げる。

森で助けたことが一度目、その後自分は彼を助けるようなことをしただろうか。バレロの家の一件は彼の気持ちを救ったがそのことではないだろう。

よほどおかしな表情をしていたのか、テオはイアンの顔を見て、クス、と小さく笑った。

「きみが覚えていなくても無理はない。あのとき、私は人型さえ取れなかったのだからな」

人型さえ取れなかった、ということは獣になった姿で彼と出会っていたということか。

はて、そんなことはあったのかと思い出そうとしたが、記憶はどこかにしまいこまれているのか、なかなか取り出すことはできなかった。

「きみは幼い頃、リンデルク公国の王城で腹を減らせた黒い犬に食べ物を与えたことがあっただろう？」

え、とイアンはテオの顔を見た。多分、そのときのイアンの顔はひどく間抜けなものだったに違いない。けれどテオはやさしく微笑んでくれた。

「え……」

イアンは何度も瞬きをしながら、テオを見た。

（一番はじめにテオを助けたとき……子犬を助けたのを思い出したことがあったけど、まさかあれが……？）

そう思うと、次々に当時のことが思い出されてくる。

あれは公国の周年祭で式典に王城へ招かれたことがあった、そのときのことだ。アドリントン家は末席にいるとはいえ、とりあえずは貴族である。そのため、招待を受け、家族で王城での式典に列席したのだ。

その式典の後で行われたガーデンパーティーで、イアンは退屈を持て余し広い庭を散策していたところ、茂みに隠れるようにしていた黒い子犬を見つけた。

子犬は随分とお腹を空《す》かせているようで、またひどく弱っているようで、ずっと小刻みに震えていたのだ。

イアンはその子犬が不憫《ふびん》でならず、パーティーのテーブルから子犬が食べられそうなものを拝借し、水も一緒に持っていった。また、そのとき身につけていた一張羅の上着で子犬をくるみ、寒くないようにしたのだ。

ただ、その上着は遊んでいるときになくしたことにしたので、後から両親にものすごく叱られたのだけれど。

「もしかして……あれは……」

イアンはまじまじとテオを見る。彼には黒い耳や尻尾はあるが、とてもあのときの子犬とは結びつかなかったし、それに今の今までその子犬のことは忘れていた。

「そうなんだ。その子犬が私――前に私は先祖返りしていることを話したと思うが、先祖返りの者は、幼い頃はフェンリルの姿なんだ」

フェンリルの姿、ということは、もしかして小さなリルのような姿ということだろうか。

そう思っていると、テオは小さく笑いながら続けた。

「きみが思っているとおり、リルのような感じと言っていいのかな。あの頃は魔力を制御できない状態だったから、まだ人型になれずにいてね、子犬のまま過ごしていて……そのときに私もリンデルク公国に招かれていたのだ。あの当時はまだ母上も存命で……調子に乗って走り回っていたら噴水の中に落ちて、這々《ほうほう》の体《てい》で水から這《は》い上がったものの、今度は腹は減るし、身体は冷えるし……そんなときにきみに助けられたんだ。きみは上着を貸してくれて……あの上着のおかげできみだとわかったのだが、今度は冷たい水に飛び込んだせいで熱を出してしまってしばらく寝込んでしまい、お礼も言えずにいた」

その式典のすぐ後、テオの母親は亡くなり、そしてテオ自身も跡目争いなどでイアンに礼を言うどころではなくなってしまったらしい。

「そうだったんだ……」

あの子犬が、とイアンは改めてテオを見る。

自分はただ、びしょ濡《ぬ》れでお腹を空かせた子犬が不憫で、できることをしただけのつもりだった。それがこんなかたちで返ってくるなんて。

テオはイアンの手を取った。

「何度もきみのもとへ向かおうとしていたのだが……礼も言えず本当に申し訳なかった。それなのに、またきみに命を救われ……そして、心も救われた。きみは昔とちっとも変わっていなくて。――昔助けられたあのときから、私の心の中にはずっときみがいたんだ」

これまでになく熱っぽい視線でテオはイアンを見つめる。

「――好きだ、どうしようもなく。きみの心に私を受け入れてくれるか」

「テオ……」

信じられないという気持ちでイアンはテオを見る。

「僕も……あなたが好き」

すると、もう喋《しゃべ》るなと言わんばかりにテオに唇を塞がれた。

「…………」

それはとてもやさしいキスだった。

ふわりと身体が浮かぶようなそんな心地よさの中、呼吸まで奪い取られて、イアンの頭の奥が痺《しび》れたようにぼうっとしだした。

唇が離れても、テオはイアンを離さなかった。

抱きこまれ、イアン、と囁くテオに肩口を甘嚙みされた。耳朶《じだ》や首筋、喉仏に口づけられ、イアンはテオの頭を抱えて、彼の髪の毛を搔《か》きむしるように搔き混ぜる。皮膚同士が密着し、互いの乳首やたかぶったものが擦《こす》れ合う感覚に、気が遠くなるほどの熱が身体の中に生まれる。イアンとテオの欲望が重なり、絡みつき、先走りでぬるりとぬめる感触に身体が甘く疼《うず》く。

「――やっと……きみを抱ける」

テオが吐息に呟きを交ぜる。

「……え？」

聞き返すと、黙ってて、とテオがイアンの乳首に嚙みついた。

「――ッ」

痛くて思わずイアンは身を捩《よじ》った。と思うとテオに嚙んだところを労《いたわ》るようにじっくりと舐《な》められる。

「あ、……あぁ、ンっ」

テオが頭を下へとずらしていく。イアンの股間《こかん》に顔を埋《うず》め、イアンのものを躊躇いなく口に含む。生暖かい、ねっとりとしたものでくるまれるような感覚。

「や……恥ずかし……い」

テオの舌に先を舐《ねぶ》られ、唇で吸い上げられる。巧みな愛撫《あいぶ》に、イアンの腰はがくがくと震えた。

「恥ずかしいことなんかない。」

なにかをぶつけるような激しい愛撫。

そして先走りの雫《しずく》が染み出ている場所にまで、舌先をねじ入れられる。

「あ……、テオ……あ……あ」

もどかしくテオの身体に手を回してしがみつけば、あやすようにキスを落とされる。

「ここに入れるよ」

後ろの敏感な場所を彼の指でなぞられて、ひとつになることの期待と不安がない交ぜになりながら、それでも幸せが勝る。答えの代わりに彼の身体にしがみつくと、さらにキスの雨が降ってきた。

そうしてわけのわからなくなった頃には、後ろへも指を入れられる。

「……ん、……ンン、……っ、あ」

後ろに差し入れられた指がゆっくりと出し入れされて、もどかしい鈍い快感が奥から生まれてくる。じりじりと脳髄を侵略してくる、痺れるような疼き。

「あ……、ああ……ぁ」

その舌使いと時折指が擦る後ろへの強烈な刺激に眉を寄せ、薄く口を開いて思わず吐息を漏らしてしまう。

目を開けるとテオが上目遣いにイアンを見つめていた。

「イアン……っ」

テオはイアンの名前を呼ぶなり、慣らした後ろに彼のものを押し当て、突き立ててきた。過ぎる圧迫感。

「ん……っ、ああっ……っ」

けれどテオは身体を押し進めてくる。熱い楔《くさび》が打ち込まれていた。

テオに繋ぎ止められた、そんな気がした。

テオのものがイアンの奥を割り開き、襞《ひだ》をかき分ける。その楔の熱さがうれしくて彼を受け入れる。

「イアン……イアン」

泣きそうなくらいにせつない声でテオはイアンの名前を呼び続けていた。

そしてイアンの声も甘くなる。みっともないくらい、テオが欲しくて甘い声を上げ続ける。

テオは激しくイアンの腰を打ちつけ、追い上げてくる。

身体ごとどこかへと持ってゆかれる。

何度目かに奥を突き上げられたとき、イアンはつま先に緊張を走らせ、胸を震わせて達した。

同時に中を濡らされる。

テオはイアンに倒れかかるようにして覆いかぶさってくる。

上下させる胸から、互いの心臓の音が寄り添っているようにシンクロして聞こえるようだった。

このまま、ずっと重なっていたい。

このままずっと――。

すっかり日が落ちて、部屋は薄闇《うすやみ》に包まれていた。窓から空を見上げると、一番星がきらりと輝いている。

「一番星だ」

イアンがぽつりと呟く。

星を見ていると、意味もなく胸に込み上げるものがあった。

好きな人とこうして寄り添いながら一緒に星を見ることができるとは思わなかった。かつての人生では考えられなかったし、今もまるで夢のようだと思う。

「──あのね、テオ……」

イアンがぽろりとこぼすように口にすると、テオがイアンの顔を覗き込んできた。

「僕がここではない世界からの転生者だって言ったら信じてくれる？」

彼は一瞬きょとんとしたような顔を見せたが、すぐに微笑み、イアンを抱きしめた。

「信じるよ。イアンの言うことなら私はなんだって信じる」

こんなふうに大きく包み込むような言葉を口にできる人だから自分は好きになった。そしてますます今まで以上に彼のことを好きになる。

「私になんでも教えてくれないか、イアン。きみのことをなにからなにまで私は知っておきたいのだから」

「……ありがとう、テオ。でも今日はこうして星を見ていたいな」

イアンはテオの胸に頭を預け、そのまま言葉を交わすことなく星空を見つめていた。

あくる日も、イアンにとっていつもと変わらない静かな一日のはじまりだった。

けれど、いつもと違うのは、なんともいえない幸福感に包まれていること。

秋も深まってピリッとした冷たい空気も心地よい。渡り鳥なのか、聞いたことのない鳥の声を聞きながらイアンは大きく伸びをした。

昨日のことがまだ信じられなくて、イアンは両手で頬をピタピタと叩く。

「夢じゃなかったよね……」

あのテオが自分のことを好きでいてくれる、と思うと、自然に頬が緩む。

「さ、今日も頑張ろうっと」

気合いを入れ直し、毎朝の日課となっている、女神の木の様子を見に行くことにした。

すると、テオが既にそこにいて木を見つめている姿を目にする。

「おはよう、テオ」

身体の奥に昨日の彼の感触がまだ残っているような気がした。なんとなく照れ臭い気持ちになりながら、テオに声をかける。

「おはよう、イアン。――見てくれ」

テオの声が風に乗って届く。

その声はどこか弾んでいた。

イアンが足早に駆けつけると、テオが女神の木のある場所を指さしている。まじまじと彼の指先のあたりを見つめると、イアンは思わず声を上げた。

「わ……あ！」

柔らかな朝の光を受けて深い緑色の葉の合間から、輝くような黄金色の実が姿を現していた。

その美しさに、二人は息を呑む。

「きれいだ……」

テオが低く呟いた。

イアンはその言葉にただ頷いた。そうしてゆっくりと手を伸ばし、その果実を摘み取る。

しかし、果実に手が触れた瞬間、イアンの心がぎゅっと締めつけられるような気がした。

「これを……テオに食べてもらいたいんだ」

この実を食べたら、彼の呪いはすべて浄化される。それを期待して、イアンは彼にそれを差し出した。

けれど――イアンの心の中にはわずかに寂しさが残った。

解呪されたテオはすべての力を取り戻し、皇太子としての威厳を取り戻すだろう。

彼は皇太子でなすべきことがある。いつまでもイアンの傍にいてはならなかった。

いくら気持ちが通じ合っても、身分の差はいかんともしがたい。それがこの世界での常識なのだ。

(これをテオが食べたら、お別れなんだ)

イアンの脳裏には、テオとの時間がよぎっていた。

彼がこの村で過ごした日々……彼とともに作業をし、実が成熟するのを楽しみに待った日々。それらがすべて幻想のように遠のいていくのを感じ、胸が締めつけられた。

彼が帝国に戻ってしまえば、もう二度とこの村で彼と過ごすことはできないだろう。でも――。

「食べて。……きっと元の姿に戻れるはずだよ」

イアンはにっこりと笑ってそう言った。

強がりでもなんでもない。これも自分の本心なのだ。

彼の苦しみを取り除くことができるなら、自分の寂しい気持ちなど些細《ささい》なこと。彼と気持ちが通じ合っただけで、イアンは幸せだった。

だからイアンはその実をテオへ差し出す。

「……」

しかしテオはそれを受け取ろうとはしなかった。そんなテオにイアンは無理やり果実を手渡す。

「早く。僕はあなたに幸せでいてもらいたいんだ。呪いを受けたままでは僕だって、悲しいもの」

「イアン……」

テオは寂しげな目でイアンを見つめる。胸がキリキリと痛むのを堪《こら》えながら、イアンはテオに「早く」と促した。

彼は手にした果実を、静かに口に運んだ。

果実の甘い香りが周囲に広がり、テオの身体はみるみるうちに変化していった。獣のような耳と尾が消え、彼の身体はさらに力強く、そして美しくなっていく。

さらに、その後はリルのように大きなフェンリルとなり、黒く艶《つや》やかな毛並みを風になびかせる。

その神々しい姿に、ただ溜息を落とすだけだった。

目の前でその変貌《へんぼう》を見守りながら、イアンは驚きと喜びに胸を打たれる。

（すごい……きれい……）

テオが完全に変わり果てた姿は、まるで黒曜石のように輝いていた。そして人型に戻るとイアンのもとに駆け寄ってきた。

「ありがとう、イアン……身体の中から、力が漲ってくるようだ」

テオは涙ぐみながら言った。その姿に、イアンも自然と微笑む。

「よかった……」

心からイアンは喜んでいた。しかしそのすぐ後に別れが迫ってくる寂しさも一緒に感じていた。

テオが解呪されたのを知った護衛の騎士らは、すぐさま旅立つことを提案した。だが、テオはすぐに首を縦には振らなかった。

「殿下……！　今までお待ちしたのです。すぐにお帰りにならないと」

騎士の一人が険しい顔でテオに進言する。だが、やはりテオはすぐには頷かなかった。

「少し待ってくれ」

そう言うと、テオはイアンのほうへ顔を振り向ける。

「イアン、私と一緒に来ないか」

テオは彼の治める領地へイアンを伴いたい、とそう言った。

「私の領地ならば、きみを喜んで迎え入れることができる……もちろんリルも」

リルは帝国では聖獣だから、なおのこと歓迎されるだろう、と彼は言う。イアンにとってもうれしい申し出だった。だが――。

「ごめんね、テオ。僕は行けないよ。僕はここで……ミリシュ村で暮らすから」

そう言いながら、イアンは自分が正しい選択をしたと信じ込もうとしていた。身分の差がもたらす厳しい現実を前に、どれだけお互いが想い合っていたとしても、皇太子という存在に対して自分はあまりにも不釣り合いだと感じていたからだ。

「テオには帝国の未来があるでしょう？　あなたは皇太子で、僕はまだリンデルク公国の国民だ。いずれ帝位を継ぐあなたとは身分がまるで違うもの。それに女性だったら、嫁ぐこともできるかもしれないけれど、男の僕はそんなことはできない……僕が行ったところで、あなたの足枷《あしかせ》になるだけ」

「そんなこと……！　私は帝位など――」

「ううん。テオは絶対に皇帝になるべきだよ。あなたのように人の心の痛みを知っている人が皇帝にはふさわしい。だからね、僕はついていかない」

そう自分に言い聞かせるように言ったものの、テオの笑顔、やさしい眼差《まなざ》し、そしてその声を目の当たりにするたびに、胸が締めつけられるような痛みが走った。

風が冷たく、秋の気配を運んでくる。その静けさの中で、イアンの胸に渦巻く感情は、様々な思いが交錯していた。

「イアン……！」

イアンの名前を呼ぶテオの声が響いた。

彼の姿は、以前とはまるで違う。魔力も復活し、その気高い美しさは誰をも圧倒している。だが、イアンにとってはその姿はどこか遠い存在に感じられていた。


なんとなくイアンとテオの間にぎくしゃくとした雰囲気が流れていた。

結局、騎士らに押し切られるかたちで、テオは支度ができ次第、自領へ戻ることとなった。それでも彼は納得していないのか、イアンに話しかけようとしているのだが、イアンが彼を避けていた。

リルもそんな気配を察知してか、いつもよりはしゃぐのを控えているような気がする。

『イアン、テオと喧嘩《けんか》した？』

いつもならテオと二人で畑に出たり出かけたりするのだが、その日はイアンはリルだけを伴って、村の市場に買い物にやってきていた。

「ううん、喧嘩はしてないよ」

『本当？』

「うん」

『でも……昨日からイアンとテオは話をしていないから……あんなに仲が良かったのに』

リルは心配そうにイアンの顔を見上げる。

「大丈夫だよ、リル。テオは帝国の皇太子様で、もう帝国に戻らなくちゃいけないから、ちょっと寂しくなっているだけ。テオも一緒だよ」

イアンはそう言いながら笑ってみせた。

『そう……それならいいんだけど』

寄り添ってくれるリルにイアンはホッと安らぎを覚える。テオがいなくなっても、自分にはリルがいてくれるのだ。なにも寂しいことはない、そう思った。

そのときだった。

村の入り口で、衛兵と誰かが言い争いをしているのをイアンは見た。

立派な馬車が停《と》められており、どうやら貴族らしき人間が村を訪れたらしい。おおかた、旅の途中で宿でも求めたのだろう。このあたりの宿場町はミリシュ村から離れたところにあり、馬車でも半日近くかかる。そのため、ミリシュ村に宿を求める人は時折訪れるのだが、残念ながらこの村には宿屋はなかった。

「あの……」

イアンは近づいて声をかけようとした。

宿に困っているのなら、力になれるかもしれないと思ったのだ。幸い、屋敷もテオの護衛の騎士たちが寝泊まりしているため、修繕も進んだ。それに騎士たちは離れに寝泊まりしているから、本邸にはまだ空いた部屋もある。

そう思って、足を進めたが、途中でイアンの足が止まった。

衛兵と言い争いをしていたのは、ゴトフリート――イアンのかつての婚約者アンナの今の婚約者――だったのだ。そして馬車の窓から顔を覗かせていたのはアンナだった。

二人を見た瞬間、イアンの胸に様々な感情が押し寄せた。

「イアン……？」

イアンの姿に気づいたアンナが馬車から飛び出してくる。そうして弱々しい声でイアンの名前を呼んだ。

その姿は、以前よりももっと顔は青白く、痩せてしまっている。

「アンナ……どうしてここに？」

イアンは戸惑いながらも駆け寄った。彼女を支えるように立っていたゴトフリートは険しい表情でイアンを睨《にら》みつけた。

「おまえこそ、なぜここにいる？」

その声は怒りと疑念に満ちていた。イアンは思わず一歩引き下がる。

「僕は……アドリントンの家を出て、このミリシュ村で暮らしているから」

言いながら、イアンはアンナのほうをちらりと見やった。もともと身体は弱かったが、今はさらに弱々しく見える。彼女になにがあったのだろう。

「そうだったのね。あれから会うことができなかったから、気にはかかっていたの。でも、会えてよかったわ」

気丈に振る舞う彼女を見て、なおさら心配になる。

「アンナ、ここへはなぜ？」

再度尋ねる。すると、ゴトフリートがずいっと前に出て、アンナとイアンの間に立ちはだかった。

「アンナは病が悪化したんだ。これから帝国の医師のところへ向かうところだ。その前に休んでいこうと思ったのに、おまえのような者に出くわすとはな」

ふん、とゴトフリートは鼻を鳴らす。

もともと彼とはあまり相性がよくない。彼はずっとアンナに片思いしていたこともあり、婚約者だったイアンを目の敵《かたき》にしているところがある。

とはいえ、アンナの病が悪化したというのは聞き捨てならなかった。

「えっ!?」

驚くイアンにゴトフリートはチッ、と舌打ちをした。彼の態度が悪いのは相変わらずだが、アンナを帝国の医師に診《み》せようとしているところを見ると、彼女は大事にされているのだろう。イアンが嫌われているのは仕方ないことだし、彼の嫌な態度にも目くじらを立てないことにした。

しかしゴトフリートはずかずかとイアンのほうへ詰め寄ってきた。

「アンナは、おまえと離れてから少しずつ体調を崩していったんだ。おまえがなにか妙な術でも使ったんじゃないか？」

あまりに突拍子もないことを言うので、イアンは思わずきょとんとし、目をぱちくりと何度も瞬きをした。

「おまえはアンナにいつも妙な果物を食べさせていたというではないか。おおかたその果物に毒を混ぜたんじゃないのか？」

「まさか！　そんなことするわけないじゃないか」

イアンはとんでもない、と否定した。

彼女の幸せを祈りこそすれ、毒など混ぜるわけがない。ましてや自分の作った果物にそんなことをするはずもなかった。

「いいや、そのくらいするかもしれないだろう？　おまえはアンナとは長いこと婚約関係だった。婚約者を俺に奪い取られた腹いせに呪いをかけたんだろう！」

的外れなゴトフリートの非難が続く中、アンナは弱々しく「違う」と言おうとするが、その声は彼の怒りにかき消されてしまう。

また、イアンは困惑と動揺で言葉が出ない。ただアンナの体調が悪化した原因について心当たりは一切なく、どう答えればよいかわからなかった。

「そんなことしてない！」

イアンは必死に否定する。

なにしろ魔法もろくに使えないイアンに呪いなどかけられるはずもない。

「ゴトフリート、きみも知っているはずだよ。僕にはそんな魔法がかけられないし、毒なんて入れていない。誤解だって」

そう言ったが、ゴトフリートはまるで耳を貸さなかった。

「うるさい！　じゃあ、なんでアンナはこんなに弱ったんだ。おまえとの婚約が破棄されてから一気に体調が悪くなったんだからな。こんなことなら、おまえのことを始末しておくんだった」

冷静さを欠いたゴトフリートは怒りに任せて剣を抜く。

ここまで彼に嫌われているとは思わなかった。どうしてなのか、と戸惑っているイアンに向かってゴトフリートは剣を振り下ろそうとした。

刃《やいば》がイアンに迫るその瞬間だった。

素早くゴトフリートとイアンの間に入った者がいた。

「テオ……！」

それはテオだった。

すんでのところでテオの剣がゴトフリートの剣を受け止め、その音が響き渡る。

「やめろ」

テオの声は低く、冷ややかだった。その目には威厳が宿っており、ゴトフリートは怯んだように後退した。

「その物騒なものをしまいなさい」

イアンは驚きと安堵《あんど》の入り混じった表情で彼を見上げた。しかし、ゴトフリートは再び剣を構え直し、今度はテオに向かおうとする。

「きみでは私にはかすり傷ひとつ負わせることはできない。その剣を収めて、冷静になったほうがいい。きみのためだ」

テオはそう宥《なだ》めたが、頭に血が上っているゴトフリートは剣を収めるどころか、テオに向かって剣を向けた。

そのときだ。

「殿下……！」

テオを迎えにきたのだろう、騎士たちが現れ、ゴトフリートを取り囲んだ。

「殿下に無礼を働くとは許しがたい」

怒りを露《あら》わにしながら、ゴトフリートに剣を抜いた。

当のゴトフリートは騎士の言葉を聞いて顔を青ざめさせる。

「殿下……だと？」

「知らずに剣を向けたのか。この方はザルツフェン帝国皇太子であらせられる、テオドルス殿下。貴様のような田舎貴族が話していい相手ではない。しかも剣を抜くとは言語道断」

それを聞いたゴトフリートは騎士の出で立ちをまじまじと見た。

その騎士服にはまごうことなき、帝国の意匠が縫い取られており、目にしたゴトフリートは大きく目を見開いたかと思うと、わなわなと身体を震わせ、慌てて剣を鞘《さや》に収めた。

「立ち去れ」

その言葉とともにゴトフリートは脱兎《だっと》のごとく逃げていく。

しかし、馬車の御者がどこへやら姿を消していて、ゴトフリートは怒りにまかせながら村中を御者を探して走り回ったのだった。

その隙《すき》にイアンはアンナの乗る馬車に駆け寄る。

「イアン、ごめんなさい。私のせいであなたに迷惑をかけたわ」

「ううん。大丈夫だよ。それより、アンナ……これを」

イアンはバッグから女神の木の果実を取り出すと、アンナにそれを手渡す。

それは今日実っていたものだ。本当はテオに渡そうと持っていたが、アンナの姿を見たら渡さずにはいられなかった。

きっとテオもそうしろと言うだろう、そう思って。

「これは？」

「僕が……ここで育てた果物だよ。アンナは僕の作った果物が好きだったでしょう?」

「イアン……あのね、きっと私の病気が悪くなったのはもともとだったの。イアンの果物を食べていたから、病気が悪くならずに済んでいたのだと思うのよ」

アンナはやさしく微笑んだ。

「そうかな。でも、アドリントンで作っていたものより、きっとこの果物は効果があると思う。きみの病気も治るかもしれないから。ゴトフリートが僕を責めたのも、アンナを好きだからこそだと思うんだ。それが行きすぎただけ。だからこれを食べて元気になって、そして幸せになってね」

「イアン、ありがとう。イアンも元気でね」

そうアンナが言ったところで、ゴトフリートが戻ってくるのが見えた。

「じゃ、また剣を抜かれる前に僕は帰るよ。元気でね」

イアンはそう言って、彼女を送り出したのだった。


テオの出発は三日後と決まった。

本当はすぐにでも、ということだったようだが、出発の段になって馬具に不具合が見つかったのだ。さすがに長丁場の旅路のため、きちんと修理してから出発することとなった。

テオといられる時間がもう少しだけ引き延ばされるため、うれしい反面、その分未練が募りそうで少しだけ困ったなとイアンは思った。

ともあれ、三日後の出発には笑顔で送り出そうとイアンは決める。

「イアン」

テオが話しかけてきた。

「本当に私と一緒に来る気はないのか」

真摯《しんし》な瞳で見つめられ、イアンの決意が揺らぎそうになる。

だが、もう決めたことだ。それを覆すことはしない。

「うん。僕にはここの田舎暮らしが合っているから……」

さすがにテオもイアンにはもうなにを言っても無駄だと悟ったのだろう。「そうか」と言ったきり、それ以上イアンに帝国へ行こうとは言わなかった。

夕暮れが差しはじめた頃、イアンは一緒にいられるのもあと少しだからと、精一杯のごちそうを振る舞っていた。

テオは「美味しい」と食べていたが、それでもどこか寂しげにしていて、イアンの胸がつきりと痛む。

(ごめんね……テオ……ごめん)

彼の好意を無下《むげ》にしているのは百も承知だ。でも、これ以外の選択肢を考えることはできないのだ。

「イアンの料理を食べられるのもあとわずかだな」

「そうだね……でも、またいつでも遊びにきて。リルも待っているから」

そう言ってリルを見たが、彼はいつになくどこか警戒しているように見えた。耳をぴんと立て、鋭い目で周囲を見回している。

「リル、どうしたの?」

リルは答えない。ただじっと森の奥を見据えたままだった。その視線の先にあるものを追いかけるように、イアンは自分も視線を向けるが、なにも異常は見えなかった。しかし、イアンの心はざわめきを増していった。

同じようにテオもなにか異変を感じ取っていたのだろう、彼の表情にも緊張が走る。

そのときだった。突然、地面がわずかに揺れた。また遠くから低く響く地鳴りが聞こえてきた。

「なにか近づいている……」

その瞬間、リルが駆け出した。

イアンとテオは慌ててリルを追いかけようと外に出た。

「地震か？」

異変に護衛の騎士らも外に飛び出していた。

「様子を見てきます」

騎士の一人がそう叫ぶように言いながら、馬を走らせ村の外へと向かっていった。また、同時に彼らは偵察鳥と呼ばれる、戦いの際によく用いられる鳥を飛ばした。

「なにがあったんだろう……」

イアンは不安に駆られる。

ひどく嫌な予感がした。

しかし、リルの姿も見えない。なかなか戻ってくることもなく、イアンはやきもきとする。しばらくしても戻ってこないリルを探しに行こうと、イアンも走り出したが、テオに止められた。

「今動くのは得策ではない。リルなら大丈夫だろう。あれは聖獣なのだからな」

「でも……」

「イアンが不用意に動いてなにかあれば、リルが悲しむだろう。私が探してくる」

そうは言っても、リルのことが心配でならなかった。

テオが馬の用意をしていると、騎士の一人がテオのもとに駆け寄ってきた。

「殿下、偵察鳥が森から飛び出してくる魔物の群れを探知したようです」

魔物の群れ、と聞いて、イアンとテオは顔を見合わせた。

するとそのときリルが戻ってくる。

「リル！　どこに行っていたの」

イアンの問いを遮るようにリルが思念を送ってきた。それはイアンに衝撃を与えるものだった。

『イアン、魔物がスタンピードを起こしてる。おっきい魔物もいて、このままだと村にやってきちゃう』

リルの報告は想像以上に危険だという事実を突きつけた。

まさかスタンピード――暴走とは、とイアンにも緊張が走る。

「テオ、リルが……魔物がスタンピードを起こしているって言っているんだ」

それを告げると、テオは大きく目を見開いた。

「わかった。私は森へ向かう。きみは村の人たちを安全な場所へ。この屋敷が一番安全だろうから、ここに避難させるのがいいかもしれない。いいね」

テオはそう言うと、騎士らを伴って、すぐさま馬を走らせていった。

イアンは自分にできることは、と考える。

「リル、行くよ」

まずはテオの言うとおり村人たちの避難をさせなければ。リルはイアンの気持ちを読み取って、背に乗れるように大型化し、そしてイアンはその背に乗って丘を下る。

そうして村人たちに自分の屋敷に避難するよう呼びかけていった。村人たちは異変に気づき、不安そうな顔をしてやはり皆外へ飛び出している。

「慌てないで。僕の屋敷に避難してください！　今、騎士の皆さんが安全を確認に行っています」

けっして魔物が来る、などとは言わず、安心させるようにイアンは丁寧に声をかけていった。

狭い村だ。避難はなんとかなるだろう、そう思いながら村の入り口へ向かう。

「今の僕なら……」

魔力は以前より格段に増えた。これなら、とイアンは村を囲うように土魔法を使い、リルの水魔法も借りながら、堅固な土壁をつくりはじめた。

だが、そこでイアンは森の方角にあるものの影を見る。

それは覚醒《かくせい》したアースドラゴンだった。巨大なその姿を見た瞬間、イアンは青ざめた。

「嘘《うそ》……どうして……」

女神はリルの存在が森を守ると言っていた。であれば、あのような魔物が覚醒するのはおかしい。森になにがあったのだろう。

しかも、アースドラゴンの覚醒時期ではない。アースドラゴンには周期的に覚醒時期があり、それは二～三百年に一度といわれていた。前回のアースドラゴンの覚醒は五十年ほど前でまだ百年も経っていない。眠りについていたはずのドラゴンが覚醒するのは異常としか言いようがなかった。

そして森にはテオが向かっている。あの竜を相手に戦うというのか。

「テオ……」

イアンは迷うことなく、魔物の咆哮《ほうこう》が響く森へと走り出した。心の中で自分の気持ちを押し殺し、身を引くことが正しいと信じていた。でも、テオの安否が気にかかる。

彼も聖獣フェンリルの力を持つとはいえ、相手はアースドラゴン――竜だ。力は互角か、もしかしたらドラゴンのほうが強いかもしれない。そう考えるといてもたってもいられなかった。

『イアン、テオのところに行こう？　僕だってテオの手伝いくらいできるよ』

「リル……」

『女神様が僕の力を解放してくれたんだよ。もうイアンに助けられたときの、弱っちい僕じゃない』

自信に満ち溢れたリルの後押しにイアンは頷く。再び彼の背に乗って、森へと急いだ。

リルは力強く疾走し、やがて森に入ると、魔物たちとの戦場が視界に入った。そこには、騎士たちが魔物に囲まれ、必死に戦っている光景が広がっていた。そして、その中心には、テオが立っていた。

「テオ！」

リルの背の上でイアンは叫びながら、その場へと飛び込んだ。

魔物たちは次々とイアンにも襲いかかってきたが、イアンは土魔法を用い、石つぶてで魔物を倒していく。咄嗟の技だったが、それは意外な威力を発していた。

テオはイアンの姿を見て、「来るな！」と叫んだ。

「嫌だ。あなたを放っておけるはずないもの。僕にも手伝わせて。リルだっている」

そう言いながら、イアンは石つぶてを魔物にぶつけていく。そこにリルの風魔法と水魔法が加わり、魔物を排除していった。

残るはアースドラゴンだが、それはひどく凶暴化していた。

テオは黒いフェンリルに変化して戦っていたが、やはり力は互角で、竜の爪《つめ》にテオの身体が傷つけられるたび、イアンの心も引き裂かれるような痛みを覚える。

アースドラゴンは力で圧倒しようとしていたが、テオの俊敏な動きが、その巨大な敵を追い詰めていく。

そうしてテオはアースドラゴンに痛恨の一撃を放った。その瞬間、ドラゴンは大きな咆哮を上げ、地面に崩れ落ちる。しかしさすがドラゴンである。それでもまだテオに立ち向かうべく、牙《きば》を剝《む》いていた。

『イアン、ねえ、あそこにあるのなんだろ。ピカピカしてる』

ふと、リルがたった今魔物を倒したところに光るものがあるとイアンに教えた。人工的な光を放つそれはこの森には異質なものだ。

「行ってみよう」

リルとともに光るものがあるその場所に行くと、古代文字が刻まれた子どもの頭くらいの箱があり、どうやらそれは魔道具のようだった。

「魔道具……？」

イアンが訝しげにそれを見つめると、リルがうう、と低く唸《うな》った。

『イアン、それ、すっごく嫌な感じがする。きっとこれがスタンピードの原因じゃないかな』

確かに、イアンにもその魔道具から邪気のようなものが発せられているのを感じることができた。もしかしたらこれを破壊することで、魔物たちの狂乱を止めることができるのではないか。

「テオ、魔道具があった！　これを破壊すれば……僕がやるから、それまで持ちこたえて」

イアンの叫びにテオは大きく咆哮する。その咆哮に一瞬アースドラゴンは怯んだ。

『わかった。こちらは私が引きつけている。イアン、頼む！』

テオがアースドラゴンの注意を引き、イアンは素早く魔道具に触れる。途端に、強烈な魔力の反発が襲ってきたが、歯を食いしばり、持ち上げて岩に叩きつける。

だが、まだそれは壊れることはなかった。

「リル、お願い」

イアンがそう言うと『任せて』とリルはその魔道具に爪を立て、さらに鋭い牙で魔道具を噛みちぎった。

すると、光はすべて消え、その瞬間、魔物たちは動きを止め、一斉に倒れ込んだ。

あれほどテオが苦戦していたアースドラゴンも、攻撃することをやめ、森の奥深くへ消えていった。きっとまた深い眠りにつくのだろう。

（起こしてしまってごめんね……）

今度はもう少し長く眠っていて、そう思いながら、イアンは魔物たちが去っていくのを見つめていた。

「テオ……傷が……」

「大丈夫だ。たいしたことはない。それよりイアンは？　大丈夫だったか？」

「僕は大丈夫。傷ひとつないよ」

「それはよかった。きみが無事じゃなかったら、私は気が気じゃなくなるからな」

アースドラゴンとの戦いで、彼は深く傷を負っていた。騎士らもひどい怪我《けが》を負っていたが、幸いだったのは誰も命を落とすことはなかったことだ。

イアンはテオと騎士らに手当てを施した。重傷だった者には女神の木の果実を切り分けて与えると、すぐに傷は回復し、その奇跡のような効果に皆驚きを隠せなかった。

そしてひとまず村で静養することになり、イアンはテオや騎士たちとまた来た道を引き返すことにした。

そのとき、どこからか人の声が聞こえた。

女性の声だ。

「テオ、ちょっと待ってて。誰かの声がする」

そう言い置いて、イアンはリルとともにその声のほうへ向かう。

茂みをかき分け、魔物のせいで倒れた木々を乗り越えていくと、そこには壊れた馬車とそして――アンナとゴトフリートがいた。

「アンナ！」

イアンは駆け寄った。

「イアン……！　ああ、いいところに……」

瀕死《ひんし》の重傷を負ったゴトフリートに寄り添うようにアンナが座り込んでいる。

どうやら彼らは森を抜けようとしていたところに、スタンピードに巻き込まれたらしい。

「ゴトフリート様は私を庇《かば》って……」

アンナを守るため、ゴトフリートは魔物と対峙《たいじ》し、必死で戦ったようだった。しかしその最中、手痛い一撃を受けてしまったというのだ。

ゴトフリートは意識を薄れさせながらも、イアンの姿を認め「放っておいてくれ」と悪態をついた。

「そんなわけにはいかないよ」

「……そうやって……俺に恩を売るつもりか……そういうおまえの偽善的なところが俺は嫌いだった……」

「喋っちゃだめだ。体力を失うだけだから」

イアンはゴトフリートに女神の木の果実を与えようとした。だが、手持ちの果実は騎士らの怪我を癒すためにすべて使ってしまい、なくなってしまっていた。

(どうしよう……あれがあれば、ゴトフリートを助けることができるのに)

村の屋敷に戻って、果実をもいでくる――そんな時間はない。ゴトフリートの命は一刻を争うのだ。

「イアン、あなたからいただいたあの実をゴトフリートに差し上げてもいい？」

アンナはイアンにそう尋ねた。

「え……アンナ、まだ食べていなかったの。それに……それはきみの病気を治すために」

てっきりアンナが食べてしまったと思っていたため、その考えはイアンにはなかった。アンナの手元にあるのなら、それを与えればゴトフリートの命は助かる。しかし、アンナの病は……。

そう思っていると、アンナはにっこりと笑った。

「いいのよ」

そう言ってアンナは果実をゴトフリートに差し出した。

「ゴトフリート様、これを召し上がって。癒しの力のある果実なのですって」

「そんなもの……それに、私を助けてどうするのだ。……きみはまだイアンのことを好きなのだろう？　私がここで死んだら……きみにとっても都合がいいじゃないか」

弱々しい声で尋ねるゴトフリートにアンナは微笑んで答えた。

「あなたは私を大切にしてくださいました。だから、私もあなたを大切にしたいのです。あなたがいなければ、私は生きていけないのです。……イアンのことは家族のように思っていますが、それ以上ではありません。イアンもきっと同じ気持ち。あなたに対しての気持ちとは違うんです。生きていてくれないと、私が困ります」

アンナはゴトフリートの手に果実を握らせる。

「アンナ、いけない。それはできない。俺はきみの病を治したくて……」

ゴトフリートは首を横に振った。

するとアンナはその果実を自身でひと口囓る。

「私もいただきました。あとはあなたが召し上がる番です。……こうしてこれからはすべて分け合いましょう？　ね？」

アンナのやさしい言葉に、「ありがとう」と言いながら彼はようやく果実を口に運んだ。するとみるみるうちに顔に生気が戻る。彼の命は繋がり、アンナは涙を流してゴトフリートの手を取った。


「……すまなかった。魔物のスタンピードは俺のせいなのだ」

ゴトフリートは一命を取りとめたとはいえ、静養は必要だった。アンナとともに、彼らはイアンの屋敷に身を寄せることとなった。

屋敷はさながら合宿所のようで、テオをはじめ騎士たちやそしてゴトフリートとアンナと非常に賑やかになっていた。

アンナにも女神の木の果実の恩恵があり、果実をひと口食べた彼女の病もどうやらよくなったらしい。すっかり顔色がよくなって、テキパキとイアンの手伝いをしてくれた。

ゴトフリートがテオの前で、スタンピードは自分のせい、と言った理由を訥々《とつとつ》と語る。

彼はイアンとテオに恥をかかされたことを根に持っていたという。そうしてどうにかやり込めたいと思っていたとのことだった。

イアンが平和な生活を送ることに苛立《いらだ》ちを覚え、どうにかして貶《おとし》めようとしていたのだ。

そんなとき、ゴトフリートの前に現れたのは、陰気な風貌《ふうぼう》の男だったという。

ゴトフリートらが休息のために立ち寄った教会にその男はいたらしい。

男に愚痴をこぼすと、男は「いい方法がある」とゴトフリートに話を持ちかけた。

男は王妃の命を受け、テオを暗殺し、その息子である義弟を次期皇帝に据えようとする影の一派に属する刺客だったのだ。

彼らの計画は巧妙で、正面からの攻撃ではなく、魔道具を使って魔物をけしかける。自然災害のように見せかければ、イアンもテオも困り果てるだろうというものだった。

「少し魔獣をけしかけるだけさ」

男はそう言い、ゴトフリートは彼の案に乗ることにし、魔道具を設置したというのだ。

「少しばかりやり込めるだけのつもりだったんだ……」

それがあのようなスタンピードを引き起こすことになり、自分の命も危うく落とすところだった、とゴトフリートは後悔しているように「申し訳ない」と懺悔《ざんげ》した。

「もう謝らずともいい。イアンもそう思うだろう？」

テオに水を向けられ、イアンも頷いた。

「うん。結局、みんな無事だったんだしね。ゴトフリートはアンナを幸せにすることだけ考えて。アンナも言っていたけど、僕たちは本当に家族みたいなもので、ゴトフリートが心配することはなんにもないし、それに……」

イアンはテオのほうへ視線をやった。するとテオはにっこりと笑う。その様子にゴトフリートもイアンとテオの関係を察したらしい。

「そうか……そういうことか。いや……俺の悋気《りんき》がすべて引き起こしたことだったんだな。申し訳なかった」

「だから、もういいってば」

イアンが呆《あき》れたようにそう言うと、みんなおかしそうにドッと笑った。

＊＊＊

「イアン、ほら、これ持っていきな」

パン屋のおばさんが、焼きたてのパンをイアンに押しつける。パンはまだ湯気が立っていて、ホカホカと温かい。

「え、いいの？」

「いいからいいから。あんた、ここんとこずっと元気がなかっただろ。それ食べて元気になっておくれ。あんたが元気なのがあたしたちもうれしいんだからさ」

そう言ってパン屋のおばさんはイアンにウインクを寄越した。

こんなふうにミリシュ村の人々と打ち解けられるようになったのが本当にうれしい。はじめてここにやってきたときには冷たい目で見られたものだったが、今は自分がここの一員だと胸を張って言える。

けれど、やはり、テオが自分のもとから去っていったことは、覚悟していたとはいえイアンにとってひどく寂しく心にぽっかり穴が空いたように空虚なものだった。

冬になる直前――スタンピードがあったあれから、テオは騎士たちの身体が癒えると帝国に戻っていった。

ゴトフリートたちも同じ日に旅立っていき、一気にイアンは寂しくなっていた。

きっとテオは呪いも解け、次期皇帝として立派に歩んでいくのだろう。自分はそれをここで見守り続けるだけだ。

（これでよかったんだ）

テオはきっとイアンのことなど忘れてしまうだろう。それでいい。

彼のいない冬は心まで寒くて、凍えるようだったが、それでもリルが寄り添ってくれたから。


（パン屋のおばさんにまで心配されるなんて……ダメだなあ）

しっかりしなくちゃ、とイアンは自分に気合いを入れる。

広場に立ち寄り、長椅子に腰かけて、もらったばかりのパンに囓りつく。

「美味しい！」

温かいパンはイアンの心まで温めてくれるようだった。

食べながらあたりを見ると、雪をかき分けて、小さな花が咲いているのが目に入った。

もう春なのだ、とイアンは季節がひとつ過ぎたことを実感する。

「いつまでもクヨクヨしないで、頑張ろう」

よし、とイアンはパンを食べ終わると勢いよく立ち上がる。

そうして歩きはじめたときだ。

ふと、なにかの気配を感じてイアンは振り向いた。

「…………テオ？」

そこにいるはずのない人が立っていることにイアンは驚き、大きく目を見開いた。そして、イアンはどこか温かいもので胸が満たされていくのを感じる。

テオは変わらず優雅な佇まいで、しかしどこか前よりも精悍《せいかん》な雰囲気を漂わせていた。

「おかえり、って言ってくれないのか？」

いたずらっぽく笑いながら彼はイアンに近づいてくる。

「どういうこと？」

イアンは混乱していた。

「ただいま、イアン。これからはずっとここにいられる」

テオの言葉にイアンはさらに混乱した。彼は帝位を継ぐのではないのか。ここにずっといられるというのはどういうことだ。そんなことがぐるぐると頭の中を駆け巡る。

「不思議な顔をしているな」

あはは、とテオはおかしそうに笑った。揶揄われているように思えて、イアンは少しムッとする。

「だって、テオがちゃんと説明してくれないから」

「悪かった。きちんと話すから、怒らないでくれ」

テオの言葉に、イアンはようやくほんの少し眉を下げて微笑んだ。

二人で屋敷に戻ってくるとテオは静かに話しはじめた。彼の低く落ち着いた声が寄り添うように響く。

「国に戻って、いくつかの問題を片づけてきた」

そう言って、彼は弟のジュリアーノに皇帝の座を譲る決断をしたことを話した。テオの義理の弟はまだ若く、素直で無垢《むく》な性格だという。そして、自分の母である王妃がなにをしてきたのかも知らないまま、純粋にテオを慕っているのだと語った。

「ジュリアーノには罪はない。王妃には蟄居《ちっきょ》を命じたが、彼のためにできる限りのことをしてやりたいと思っている。それに、あの子もどうやら先祖返りをしているらしい。随分と遅い発現だったが、その兆候があった。立派な皇帝になれるはずだ」

テオの声には、弟を守りたいという決意と、それに伴う責任感が滲んでいた。

その言葉に、イアンは黙って頷いた。

「いい子なんだね」

「ああ、あの王妃から生まれたとは思えないほど素直ないい子だ」

テオはにやりと笑う。それにつられるようにイアンも小さく笑った。

テオは大事なことを告げて安心したのか、小さく息を吐き出した。そして、続けてこう言った。

「それだけじゃない。実は、新しい領地を任された。……いや、強引に任せてもらうように仕向けたというほうが正しいかな。もともとの領地とそれからこの村含めこの周辺一帯も治められるようにしてもらった。おかげで私の領地はとんでもない広さになったけれどね」

その言葉に、イアンは驚きで目を見開いた。テオがこの村の領主になるというのは、まったく予想外のことだった。

「だから、イアン」

テオは静かに立ち上がり、イアンの前に膝《ひざ》をつくようにして座り直した。イアンは驚きながらも、その真剣な態度に思わず固唾《かたず》を飲む。

「私はこの村に住む。領主として、そしてきみの傍にいる者として」

テオの瞳がまっすぐにイアンを捉《とら》える。その瞳には、隠しようのない想いが宿っていた。

「これからも一緒にいてほしい。私の隣で、私とともに生きてくれ。」

そう言いながら、テオはイアンの手をそっと握りしめた。彼の手は温かく、少しだけ震えている。緊張しているのだろうか。

イアンは胸が熱くなるのを感じた。テオの言葉には真摯な想いが込められていて、その一言一言が心に響いてくる。しかし同時に、彼は戸惑いも覚えていた。自分がそんな特別な存在でいいのか、と。

「僕で、本当にいいの？」

イアンが絞り出すように問いかけると、テオは静かに首を振った。

「いいんじゃない。きみじゃなきゃダメなんだ」

その言葉に、イアンの胸の奥でなにかが崩れた。迷いや不安が消え去り、代わりに強い安心感が押し寄せる。

「きみは……いつでも誰かのことを考えて、誰かのために自分を投げ出すことを厭《いと》わない。そんなきみが私にはすべて誰よりもきれいに見える。きれいな心を持っているきみだから私はずっと惹かれているんだ」

「僕は――」

イアンは小さく目を伏せて、それから思い切るように顔を上げた。

「僕は、テオが好き」

イアンの思いの告白にテオはただやさしく見つめ続けている。

「……だからって、自分の気持ちをテオに押しつけようとは思ってなかった。あなたの足を引っ張っちゃいけないって思っていたから」

まっすぐにテオの目を見つめながら言う。

「知っていた。きみがどんなに私のことを考えていてくれたか、すべて」

テオはイアンを抱き寄せる。息がかかるほどに近づいて、至近距離で見つめ合う。

どちらからともなく腕を伸ばして抱き合い、唇が重なった。


身体中まんべんなく口づけが降りてくる。

着衣はすべて脱がされて、どこもかしこもテオの目の前にさらけ出されていた。

「イアンに触れられなくて……おかしくなりそうだった」

テオはイアンの滑らかな肌に頬ずりして呟く。その声は興奮で上擦っていて、それを聞いただけでイアンも思わず息を呑んだ。

イアンの髪を掻き上げながら唇を貪《むさぼ》るテオの目はいつものやさしい彼のそれではなく、どこか獰猛《どうもう》な獣のようにも思える。

急《せ》いたように触れてくるテオへイアンはすべてを預けるように身体を開いた。

尖《とが》った乳首に吸いつかれ、イアンのものを扱《しご》かれる。そんな愛撫に、この空間だけが先ほどまでいた世界と別世界になったような気がした。

イアンの唇からはひっきりなしに吐息が漏れ出ている。

「ああ……ん……っ」

さっきまではぴっちりと皺ひとつなかった敷布が、イアンが身を捩るたびにたくさんの、そして大きな皺を作っていく。

イアンのものに絡むテオの指が、先端からこぼれ出しているイアンの蜜《みつ》をすくい取ってはその茎に塗りたくっていた。

「い、やぁ……あ、っ……」

久方ぶりの刺激にイアンはびくびくと膝を跳ね上がらせる。敷布を握りしめて、乱れようとしている身体をどうにか堪えようとしている。けれど、テオの荒くなっていく息だとか、食い入るようにイアンのものを見つめる視線だとか、そんなものを敏感に感じ取って、ますます気持ちとは裏腹に身体が言うことを聞かず淫《みだ》らにくねってしまう。

テオといつも繋がる場所を彼の指でほぐされて、さらにイアンの中のいやらしくなる場所を弄《いじ》られて、もう考えることすら覚束《おぼつか》なくなった。

「あ……ァッ、ンッ……あぁ……ぁ」

　胸を反らせると、赤くピンと立った乳首を彼の舌に舐られる。さんざんに吸いつかれ、舌を絡められ、刺激が刺激を呼んでジンジンと熱くなった。

「気持ちいいならいいと言って、イアン。もっとこれをしてほしかったらねだってごらん」

　乳首をキリリと捻《ひね》られ、誘うようなテオの声に、自然に口が動き出す。

「気持ち……いい……っ」

「もうやめてもいい？」

「や……っ。も、も……っと……して」

　自分でも驚くようなはしたない言葉が飛び出した。

　胸を喘《あえ》がせ、必死に息をしようとするイアンの薄く開いた唇に口づけ、テオはイアンの身体に覆いかぶさる。

　舌が搦《から》められ、イアンの舌も柔らかく溶けていくような気がした。ほぐされた後ろの蕾はもっと大きなものを欲しがってひくひくとはしたなく蠢《うごめ》いている。

「……イアン、なにが欲しい？」

　耳元で意地悪なことを囁かれ、イアンは赤くなって両腕で顔を覆った。イアンが答えずとも、後ろの蕾は貪欲《どんよく》にテオの指を飲み込んでいく。

「テオ……っ、恥ずかしいから……」

テオの指はイアンへ快感をもたらすしこりを擦ったり、引き抜いたりを繰り返す。そこを抉《えぐ》られるたび、背筋を駆けるどうしようもない痺れに泣きそうになる。

「や……も、いやぁ……」

テオの意地悪にイアンは耐えられず、自ら脚を開く。

「イアン、さあ、言ってごらん？　なにが欲しいの？」

テオは本当に意地悪だ。いつもはイアンに無理なんか強いずやさしいくせに、ベッドの上ではとても意地悪になるなんて知らなかった。

「テオの……」

「私の、なに？」

「……入れ……てっ、ここ……ほし……」

イアンが恥ずかしさを堪えて、そう言うと、テオの喉がごくりと鳴った。

「いい子だね、イアンは」

「いやらしくてごめ……ん」

あまりに恥ずかしいことを言ってしまって、嫌われてやしないだろうか。あからさまに欲しいだなんて、はしたないにもほどがある。

「私が言わせたのだろう？　それにもっといやらしいことを言ってもいいんだよ。……こいつもうイアンの中に入りたいって言っている」

言われてイアンがテオを見ると、そこにそそり立っているものは彼の言うようにとうに滾《たぎ》りきって先端も濡れていた。自分とテオを繋ぐ楔を目の当たりにしてイアンはぶるりと震える。

そして彼も限界を感じていたのだろう。慌ただしく指を抜き、硬く滾った欲望をイアンの開いた蕾へと押しつけた。

「……イアン……いいか」

イアンが頷くやいなや、テオは脚を抱え、後ろの蕾へ一息に猛《たけ》ったものを突き立てた。

「ひ……っ、あ、アッ！　あぁああああっ‼」

高々と抱えられたイアンの脚がぴんと伸びる。そのつま先は丸まっていた。

テオの背にしがみつき、思わず爪を立てる。

思っていた場所より深く彼のものを納めきってしまっているらしく、奥へその存在を感じていた。感じすぎる場所にそれがあって、イアンはガクガクと身体を揺らす。

「あ……あっ……んっ……ア、アアッ」

「ちゃんと掴まっておいで」

テオはイアンを揺さぶって、奥を抉るように突き上げた。快感をもたらす場所を抉られてイアンは知らず中を締めつけてしまう。それが彼を刺激してしまっていることにも気づかずに、せつなく喘ぎながら。

中をテオのもので掻き回されてイアンはひっきりなしに声を上げた。

「や……っ、あ、ああ、んっ……」

テオの背をイアンの手のひらが泳ぐように動いていく。限界いっぱいに開いた場所からテオのものが覗いては埋め込まれ、そのたびイアンは快感にむせび泣くしかできない。

「テオ……っ、あっ、ああっ……」

身体を戦慄《わなな》かせ、舌をもつれさせながらイアンはテオの名を呼んだ。どうしてこんなに幸せなんだろう。彼と身体を合わせると、幸せで幸せで天にでも上ってしまいそうになる。

「イアン……イアン……」

せつないテオの声が聞こえる。名前を呼ばれているのを聞いてまた幸せな気持ちになる。

「あ、んっ……だ、だめ……っ、あぁ……っ」

イアンのものをきつく扱かれ、その花芯《かしん》から絶頂の蜜が弾《はじ》け飛んだ。

「う、ううっ……あ、だめ……ああ……」

最後まで絞り出させるかのように、テオはさらに愛撫を繰り返す。

絶頂の後なのにさらに愛撫を施されて、その過ぎた刺激にイアンはか細く泣くしかできない。どうしようもなくガクガクと揺らすイアンの身体の深い場所にテオも熱い精を流しこむ。

喜びに胸を震わせながら、イアンはテオに縋《すが》りついた。

彼の灼熱《しゃくねつ》を身体の奥で感じ、全身を彼の体温に包まれて、イアンはいつまでも幸せという名の快楽の海を漂っていた。

緑が色濃くなり、あたりが花で埋め尽くされて、白々とした夜が続く季節になった。

ミリシュ村はもうしばらく前からそわそわしだしている。というのも、今日から夏至祭なのだ。

ミリシュ村の夏至祭は、ここ何年も行われてこなかった。

荒れた土地で緑もない村には収穫物も未来もない、そう皆疲弊し、生きることだけで精一杯だったからだ。

だが、今年は違う。

店という店にはたくさんの食料が積まれ、花を山と積んだワゴンも道端に置かれている。

人々はその花を手にして、それぞれ着飾るのだ。

そしてごちそうを食べ、焚《た》き火《び》を囲んで夜通し踊りあかす。胸に飾った花が明け方までしおれなければ一年幸せに暮らせるというらしい。

恋人同士は互いに花を贈り合い、一晩中ともに踊って朝日とともにその花を焚き火で燃やせば、そのカップルには祝福が訪れるという。

そんなふうに久しぶりに行われる祭りを皆楽しみにしているのだった。

夏至祭では恋人同士で踊れば踊るだけ、その二人は幸せになれるといわれている。

「イアン、早く」

テオが早くと急かしてくる。

今日は彼の領主としての大きな仕事のひとつでもある。この夏至祭の再開は、テオの発案でもあったのだ。

「先に行っていていいよ」

「一緒に行かないと意味がないだろう」

テオがそんなふうに言うのには理由があった。

夏至祭で、自分たちは結婚式を挙げることにしているのだ。

村の人たちに自分たちのことを打ち明けたところ、一にも二にもなく歓迎され、だったら夏至祭で結婚式をしたらどうかと提案があった。そしてそれは現実のものとなったのだ。

二人で広場に着くと、既に準備が整っていた。

村長がすべて式を取り仕切り、「早く早く」と皆の前にイアンとテオを引っ張り出す。

「では誓いの言葉をどうぞ」

村長に促され、テオはイアンの手を取った。

「私たちはこの場にご列席いただきました皆様の見守る中結婚の宣誓をいたします。いかなるときも生涯変わらぬ愛を約束し、いつまでも互いを思いやり支え合うことを、ここにいる皆様の前で誓います」

テオが誓いの言葉を述べる。そうしてイアンもテオの顔を見つめながら「誓います」と宣誓した。

それからテオがイアンの胸に可愛らしい花をつけた。イアンもテオの胸に花を飾る。

誓いのキスの代わりに、テオは恭しくイアンの手の甲に口づけた。

「おめでとうございます。皆様、二人の結婚を承認いただけるようであれば、盛大な拍手をお願いいたします」

村長の言葉の後には盛大な拍手。おめでとう、おめでとう、とあちこちから声がかかっ

た。

　するとレネが大きな花束を持って駆け寄ってくる。

「イアン、おめでとう。あのね、これ、僕摘んできたの」

　その花束をイアンへ手渡す。

「ありがとう、レネ。お花すごくきれいだね。うれしいよ」

「えへへ。リルにもあげていい？」

「もちろん」

　そう言ったイアンの傍にはなんとなく誇らしげにリルが座っていた。リルはレネにたくさん花をつけられて、さらに介添人ならぬ介添フェンネルとしてまんざらでもなさそうだ。

　それからはテオと二人でくたくたになるくらいに踊った後はたらふくごちそうを食べ、そしてまた踊りあかす。焚き火を囲んで夜通し楽隊の演奏で踊り続けた。

　明け方、二人で互いの胸につけた花を焚き火で燃やした。

　それまでお互いの花はきれいにしおれることなく咲いていて、それを見てテオと顔を見合わせて笑う。

　パチパチと火の粉とともに花が燃えていくのを見ながらイアンはテオに寄り添う。

「イアン」

呼ばれただけなのに、背筋に痺れが走る。

視線が絡み、――時間が止まる。手首を引き寄せられる。テオの指に巻きつけられて手繰り寄せられるように身体も引き寄せられる。

「好きだ」

消えそうな声でテオはそう言い、応えるようにイアンは腕を回す。

「僕も」

吸い込まれるように、キスをした。

「きみの前の人生を上回るくらい、私はきみを幸せにすると誓うよ」

なによりうれしい言葉にイアンは思わず涙をこぼす。

「ありがとう、テオ。でも、もうとっくに上回っているんだけど。こんなに幸せになれるなんて思っていなかった」

「きみと出会えてよかった。私もきみのおかげで幸せだ」

イアンの頬の涙を指で拭うと、テオはその頬に小さくキスをした。

風が鳴っていた。その音を聞きながら、テオはほんの少し顔を曇らせる。

「きみに苦労をかけるかもしれない。いつ、またなにかに巻き込むことになるかもしれないが……」

「別にいいじゃない。巻き込まれるのなんて覚悟の上だよ。僕もテオに頼っちゃうと思うし」

イアンはそう答え、そして笑った。

「そうやって頼ったり頼られたり、助けられたり助けたりしていけばいいんじゃないのかな。そのたびもっと好きだって思えるようになるしね。こうやって」

そうイアンが言うと、「そうか」とテオは照れ臭そうに肩を竦める。

そうだな、そう言ってテオはまたはにかんだように笑い、イアンの唇にやさしいキスをした。

あとがき

こんにちは、葉山です。

このたびは「婚約破棄されたので自由気ままに旅していたら、隣国の皇太子殿下と運命の出会いをしました」をお手に取ってくださりありがとうございました。

書きながら、イアンのように緑の手があったらなあ、と、我が家のベランダの寂しさいっぱいのプランターを見て溜息をついていました。私の世話が悪いのか、はたまたベランダの環境があまりに過酷なのか、まともに育っているのはアロエとローズマリーだけなんですよね……。おうちでレモンとかネギとかニンニクとか育てていらっしゃる方のSNSなんか見ると羨ましくて仕方ないです。（この前はゴボウを育てている方を見ました。すごい！）

さて、今回のイラストは北沢きょう先生に描いていただきました。

ずっとファンなので、以前からイラストを描いていただきたいなあと思っておりました。

夢が実現してうれしい……！　ラフでめちゃくちゃかっこいいテオと可愛いイアンを拝見

して、テンション爆上がりになっています。本当にありがとうございました！

二人と一匹の旅とのんびりスローライフなお話、少しでも土の匂いや豊かな自然を感じてもらえたならうれしいです。

最後に、いつもご迷惑をおかけしている担当様、今回も最後までご迷惑をかけっぱなしで本当に申し訳ありません。いつも温かく見守ってくださり感謝しかありません。今後ともどうぞよろしくお願いいたします。

そして読者の皆様へ。私は会社員生活との二足のわらじで、日々てんやわんやに過ごしており、なかなかＳＮＳを更新するなどできずにいますが、こんな露出の少ない私の作品を読んでくださりありがとうございます。できましたらまた次の作品でお目にかかれましたら幸いです。

葉山千世

本作品は書き下ろしです。

ラルーナ文庫

この本を読んでのご意見・ご感想・ファンレターなどお待ちしております。〒110-0015 東京都台東区東上野3-30-1 東上野ビル7階 株式会社シーラボ「ラルーナ文庫編集部」気付でお送りください。

婚約《こんやく》破棄《はき》されたので自由気《じゆうき》ままに旅《たび》していたら、隣国《りんごく》の皇太子殿下《こうたいしでんか》と運命《うんめい》の出会《であ》いをしました

2025年5月7日 第1刷発行

著　　者｜葉山《はやま》 千世《ちせ》
装丁・DTP｜萩原 七唱
発 行 人｜曺 仁警
発 行 所｜株式会社 シーラボ
〒110-0015 東京都台東区東上野 3-30-1 東上野ビル7階
電話 03-5830-3474／FAX 03-5830-3574
http://lalunabunko.com
発 売 元｜株式会社 三交社（共同出版社・流通責任出版社）
〒110-0015 東京都台東区東上野 1-7-15
ヒューリック東上野一丁目ビル3階
電話 03-5826-4424／FAX 03-5826-4425
印刷・製本｜中央精版印刷株式会社

 ISBN978-4-8155-3305-2